中华魂

ZHONGHUA HUN

百部爱国故事丛书

实业救国 衣被天下

——轻工之父张謇

俊 宁 编著

吉林人民出版社

图书在版编目（CIP）数据

实业救国 衣被天下：轻工之父张謇 / 俊宁编著．
-- 长春：吉林人民出版社，2011.3（2021.8 重印）
（中华魂·百部爱国故事丛书）
ISBN 978-7-206-07497-4

Ⅰ．①实… Ⅱ．①俊… Ⅲ．①故事－中国－当代
Ⅳ．① I247.8

中国版本图书馆 CIP 数据核字 (2011) 第 032624 号

实业救国　衣被天下
——轻工之父张謇
SHIYE JIUGUO　YIBEI TIANXIA
——QINGGONG ZHIFU ZHANGJIAN

编　　著：俊　宁
责任编辑：卢俊宁　　　　封面设计：孙浩瀚
制　　作：吉林人民出版社图文设计印务中心
吉林人民出版社出版 发行（长春市人民大街7548号　邮政编码：130022）
印　刷：北京一鑫印务有限责任公司
开　本：787mm×1092mm　　1/16
印　张：8　　　　字　数：64千字
标准书号：ISBN 978-7-206-07497-4
版　次：2011年3月第1版　　印　次：2021年8月第2次印刷
定　价：35.00 元

如发现印装质量问题，影响阅读，请与出版社联系调换。

总　序

　　《中华魂》是一套故事丛书。它汇集了我国自鸦片战争以来一百八十余年间的近百位民族英雄、仁人志士、革命领袖、先进模范人物的生动感人事迹，表现了他们作为中华儿女的伟大的爱国主义精神。

　　爱国主义是人们对于"生于斯、长于斯、衣食于斯"的祖国的一种神圣感情，是人们对于自己民族的一种强烈的责任感和使命感，是感召和激励整个中华民族的一面永不褪色的旗帜。在一百多年的中国近现代史上，爱国主义一直激励着中华儿女为祖国的独立、统一、进步和繁荣而英勇奋斗。从"苟利国家生死以，岂因祸福避趋之"的林则徐，到"我自横刀向天笑，去留肝胆两昆仑"的谭嗣同;从"铁肩担道义,妙手著文章"的李大钊,到"青春换得江山壮,碧血染将天地红"的赵一曼;从"县委书记的好榜样"的焦裕禄,到"问鼎长天,扬我国威"的邓稼先……都表现出了强烈的爱国主义精神。正是由于热爱祖国的人们前仆后继地奋斗,国家和民族才得以生存,才能够在一次次历史危急关头转危为安,走向兴盛和富强,从而屹立于世界民族之林。爱国主义是鼓舞中华儿女历经忧患、跨越沧桑、百折不挠、自强不息的伟大力量,它贯穿于中华民族的整个历史,并有力地凝聚着五洲四海的中国人。

爱国主义是一个历史的范畴,在社会发展的不同阶段、不同时期有不同的具体内容。革命时期,需要我们为祖国的独立自主出生入死;建设时期,需要我们为祖国的繁荣富强增砖添瓦。在全国各族人民团结一心,开启全面建设社会主义现代化国家新征程的今天,我们要争做一名新时期的爱国者。新时期的爱国者要有强烈的民族自尊心、自豪感。民族自尊心、自豪感是任何时期、任何爱国者都必须具备的情感。民族自尊心能增强我们自立向上的恒心,民族自豪感能树立我们建设祖国的信心。要树立"祖国高于一切"的崇高信念,为了祖国和人民的利益不惜抛却个人的利益,甚至不惜牺牲个人的生命。我们要树立终身学习的理念,拓宽自己的知识面,广泛吸收新知识、新技术,完善自身的知识结构,更新学习知识的方法与理念,从思想上、知识上充分武装自己,为祖国的繁荣昌盛贡献力量。

　　爱国主义思想的继承和发扬,是关系到民族盛衰、国家兴亡的根本问题。爱国主义思想情操的形成,需要不断地培养。培养爱国主义精神的一个重要途径是向英雄人物和典范事迹学习和致敬。这套丛书的出版,对于青少年向英雄和先进人物学习,特别是对于在中小学生中进行爱国主义教育是不可多得的生动的教材。祝愿此书出版发行成功,为培养时代新人做出贡献。

胡维革

中华魂

魂

百部爱国故事丛书

编 委 会

一个人办一县事，要有一省的眼光，办一省事，要有一国之眼光，办一国事，要有世界的眼光。

——张　謇

目　录

中华**魂** 百部爱国故事丛书
ZHONGHUA HUN

张謇（1853～1926）中国近代实业家、教育家，立宪派首脑人物。字季直，号啬庵。

1853年7月1日（清咸丰三年五月二十五）生。江苏南通人。从小读书勤奋，十六岁中秀才。1876年入庆军统领吴长庆军幕。1885年顺天府乡试中举。1894年中状元，授翰林院修撰。时值中日甲午战争新败，张謇鉴于当时政治革新无望，决心投身兴办实业和教育。1896年，张在南通筹办大生纱厂，经克服诸多困难，始于1899年建成。其后陆续创办的重要企业有：大生第二、第三、第八纱厂和广生榨油公司、复兴面粉公司、资生铁冶公司、大达轮船公司，以及通海大有晋、大豫、大赉、大丰、华成等盐垦公司，并创设淮海实业银行，以为事业发展之助，形成了以张謇为首的大生资本集团，其鼎盛时期的总资本约为三四千万元。

张謇在经营实业的同时，重视发展文化教育事业，以经营实业所获盈余之一部和劝募所得，在本地先后创办了通州师范学校、通州女子师范学校和十余所职业学校以及图书馆、剧场、医院等；其中纺织学校、农业学校和医学学校成绩最好，后来三校扩充为专科，1920年又合并为南通大学。在外地，由张謇倡议或资助而设立的学校有：吴淞商船学校、水产专门学校、中国公学、复旦学院、南京高等师范等。张謇因创办实业、教育卓著成效而名噪东南，清末江苏学务处成立，张謇被推为议长，并任中央教育会会长，清廷曾给以三品衔聘为商部头等顾问官。

在清末的立宪运动中，张謇居于重要地位。1906年9月，与江、浙、闽立宪人士组织预备立宪公会任副会长。1909年江苏咨议局成立，任议长，他发动各省咨议局代表进京联合请愿，要求召开国会。1911年，清政府成立皇族内阁，使张謇大失所望。辛亥革命后，南京临时政府成立，张被任为实业总长。未就职。张支持袁世凯出任民国临时大总统，篡夺政府大权。1913年出任北洋政府农林、工商总长兼全国水利局总裁。次年农林、工商两部合并为农商部，仍任总长。1915年，因不满袁世凯公然恢复帝制，辞职南归。返乡后继续从事实业、教育和地方自治事业，均获得可观的进展。由于北洋军阀连年混战、外商对华倾销，加之沿海盐垦连年遭灾、花贵纱贱，使张謇所经营的大生资本集团各企业负债累累，陷于十分困难的境地。他曾一再呼吁取消不平等条约，要求国际税法平等，停止内战，实现国内和平，但都无法实现。1923年被迫将大生一厂向银行押款还债。1925年7月大生各厂及欠大生款项的各公司被债权人上海、金城等银行接管。1926年8月24日，张謇因病在南通逝世。著有《张季子九录》、《柳西草堂日记》和《蔷翁自订年谱》等。

不 占 公 款

1883年农历正月十五日，张謇经赴朝平乱磨练，凯旋而归，过第一个春节后，壮志满酬，为居室题"壮复斋"，日记中记下"志三十后努力自新也"。四月十五日奉吴长庆之命二上朝鲜抵汉城吴营中，仍不忘刻苦学习，挤时间练字，读《诗经》《周礼》，撰读书札记。因上年朝鲜爆发"壬午兵变"，张謇受朝廷之命随吴长庆赴朝平乱，张謇运筹策划，一举全胜，表现出一介书生所难得的干练才能。他还主张三路出师，征伐日本，乘势归复为日本所侵占的琉球，并写有

《朝鲜善后六策》，高见震动朝野。吴长庆对建策速定其乱者张謇，曾有酬赏三千之诺言，故吴托人寄银1000两至常乐。而张謇认为自己赴朝平乱保家卫国乃为公也，吴此做法有违公意，所以再三声明作为无息贷款，暂度家贫之急。日后果悉数归还。

严处侄子

张謇不谋私利，不徇私情，对亲属决不护短，姑息养奸。凡有吸（毒）喝嫖赌、仗势欺人、无理取闹等不规者，必受家训、家法严厉处罚。

张謇对两个侄子特别关注。因自己长期没有孩子，其中一个还有嗣为儿子之意。但他们喜欢吃喝玩乐，游手好闲，赌博成性，张謇多次找其谈话教育，却仍屡教不改，张謇恨铁不成钢，才将嗣儿之事作罢。可他们不仅不改，反而变本加厉，故在百姓中流传有"仗了张三吃白四"之言。

长房侄子念祖仗势欺人，作恶甚多，妨碍乡民。1916年农历正月初一至敦裕堂宅肆蛮无礼。初二，张謇给海门县知事写信，令警所送念祖于海门习艺所管教改造。初三，许聘三来，知道张謇送押念祖，盛赞此事必令镇人称快。但张謇对念祖的2个儿子仍安排上学，一个女儿由承祖抚养之。

长房侄子承祖，自恃叔父张謇状元的声望，不仅在本地胡作非为，竟胆大妄为闯至崇明县闹公堂。知县碍于张謇，不敢得罪承祖。但因知张謇为人清正，不徇私情。崇明知县小心翼翼地将此事禀报张謇，张謇闻讯，明告知县："依法惩处"。

张謇严处二侄，为民除害，周围群众奔走相告，对"张四先生"秉公办事，不徇私情，无不称颂。

由于张謇处处以身作则，管教家人极严，敢从自家人先开刀，故威信不言自高。所以周围谁也不敢违法乱纪，有纠纷闹事，只要"张四先生"出来一句话，谁都听从。

改 进 作 风

张謇勇于修改旧的规章制度，把封建衙门式的盐垣等所有病商病丁之弊，力为革除，以调动盐民生产、交售和投资人的积极性。制定了《整顿通章》、《整顿垣章禀场立案文》及银钱、修理、垣友、书禀、灶友、治下、雇工、头长、煎丁等专章，第一条开章明言："盐业为商务之一，凡执事人概称先生，不得沿老爷之旧。"《灶友专章》首条是："灶友下灶，雇有常车，不得乘轿，不特节费，亦防惰习。"《书禀专章》规定"写信不用客套，只叙实事。"以改变作风、文风。

打铁必先自身硬，张謇身先士卒立榜样。

1894年高中状元回家，人们都改口称他"张状元"、"张大人"、"张殿撰"，他感到浑身不舒服，十分认真地说："别改口称呼。还是原来怎么叫就怎么叫的好。"于是，人们都仍叫他"张四先生"。他来回于常乐与通海垦牧公司、二厂，或上海回来从三和港上岸到二厂、

公司，都是步行或乘独轮小车，从不坐轿子。到达垦区荒滩，常坐牛车下去察视。

张謇一贯主张轻车从简，反对兴师动众的迎来送往，拦路扰民。几次去常熟、无锡为恩师翁同龢、赵菊泉扫墓，当地文武百官闻讯，上车站、码头迎接，都被张謇一概谢绝，悄悄入住。

接受监督

张謇不追逐名利，不图升官发财，一心只为救国救民而弃官还乡从事实业教育、地方自治、建设模范县。因而他十分注重廉洁奉公的制度建设，无论是办垦牧公司、盐业公司、大生纱厂，还是办学校、养老院等，他都紧紧抓住规划设计、选人用人、资金筹集、制度建设四大环节。而且常常亲自动手制定各项规章制度，俱十分详尽、周全、实用、严格。为自己办的几十所学校都针对性地制定、书写校训。所办实业，财务上每年定期组织审计，向股东大会公布，自觉接受民主监督。还时常亲自查账核对，谁也不敢乱来。

张謇的常乐镇老乡、同学黄士高，原是张府门馆，为人忠厚，善强记诗、传，能背诵《康熙字典》，还有一手写方块字似铅字的绝技，张謇称他"两脚书橱活字典"，故函电公文由其誊写、校对居多。后转入南通师范任教兼任舍监。学校规章制度由校长张謇亲订，教导主任于敬之，顾公毅负责教育，舍监负责执行监督制度，黄士高执纪十分严肃认真。有一次张謇到校了解教育情况，听取于、顾及几个教师汇报，大大超过了熄灯时间，黄挨屋进门去将灯熄灭，并对张謇说："这个规章制度是你订的，你们自己不遵守，下边的事就不好办了。"汇报工作就此停止。事后大家都批评黄士高太没有礼貌了。到了学期结束，按惯例开会讨论调整教师、任课时，于、顾两人认为黄太固执呆板，不懂人情不通世故，特别是对张謇太不尊重了，提出对黄士高不可再任用，大家也一致同意。张謇听到后发表了不同看法：“黄士高为人不能圆通活变，十分呆板是其所短，但也有长处，就是尽忠守则，对工作负责，这一点上大家都要向他学习，这就是取长补短呀！再说制度既订，学生、老师、校长也都该一样遵守。”由此黄士高仍被留用。

张謇经营实业的故事

张謇回到了南通，靠着卖纱买棉的办法，苦苦撑持着厂里的生产。好在近几个月里，棉纱的行情看好，售价连涨了几次。纱厂的资金不断扩展，不但保证了工厂的正常生产，而且还略有结余了。大生纱厂终于度过了这一次资金危机。

这一年，由于纱价大涨，大生纱厂获利达到20多万两白银。

张謇脸上的愁容终于烟消云散。

这一天，张謇带着纱厂出产的棉纱，到南京去看望两江总督刘坤一。棉纱用红绸布扎着，一共是两束。张謇笑着说：“这是我们大生纱厂自己生产的棉纱，送给总督做个纪念。”

刘坤一接过棉纱，连声称赞道：“好，好，我收下！过去人们称这种棉纱叫洋纱，织出布来叫洋布，

现在我们自己也能生产了。这可全靠你的苦争苦斗啊，我要给你记上一大功！"

张謇说："苦是苦一点，但这是我自讨苦吃，怨不得别人。再说为了国计民生，虽说吃一点苦，我心里也痛快啊！"

有一句话张謇没有说，那就是为筹措购买棉花的资金，他的妻子连首饰都卖掉了；而办厂这五六年来，他的家人从来没有在厂里支用过一文小钱！

困难和挫折锻炼着张謇的意志，也激励着他向更加宏伟的目标前进。他想，纱厂纺纱缺不了棉花，棉

花需要花钱收购，而随着棉纱的畅销，棉花的价格也在天天上涨，更何况日本的厂家也到这一带来收购棉花……如果我们能有自己的棉田，不就可以不受棉花市场的牵制了吗？

想到这里，张謇毅然决定，建立一个垦牧公司，把沿海的荒滩改造成棉田，自己种棉花自己用！

他与几位老朋友商量后，再次来到南京，拜访两江总督刘坤一，要求将沿海荒弃的滩涂划给他们办个农牧垦殖场，使工商农牧形成一个系统。刘坤一当即表示支持，让张謇以他的名义写一份奏章给朝廷。这份奏章很快得到朝廷的批复，1900年9月，通海垦牧公司正式开始筹备。

第二年3月，垦牧公司的章程经过七易其稿终于确定下来。这时，大生纱厂的事务也很紧，张謇只好把垦牧公司的开办事务交给他的学生江导岷。一些本来无地和少田的农民，听说张状元开办垦牧公司，管吃管住，还给工钱，大家奔走相告，纷纷前来报名，加上张謇到上海招募来的失业游民，一下子就有了两三千人。他们先在海滩上筑堤垒坝，防止海水浸漫上地。一个多月下来，海滩上竟出现了一道石砌的长城！经过一秋一冬的劳作，1902年春天，垦区各处都长出了嫩绿的青草。个别碱性大的地段，工人们便开渠引水冲洗，改造土质。夏天到了，牧草、芦苇渐渐长大，工人们又弄来一些牛羊放牧喂养。秋天来了，芦花开了，牧草黄了，牛羊居然长得又肥又大……

正当人们为成功而欢欣的时候，意外的灾难袭来了。

一天夜里，海上突然起了大风暴。狂涛巨浪冲上海滩，石头砌的堤坝垮了，芦苇和牧草被淹没了，小牛小羊被卷走了。一年的辛苦劳作，转眼间化成了泡影！

张謇从垦牧公司工务处里冲出来，迎着狂风巨浪向海堤奔去，一边大喊："工友们哪，快到海堤上去啊！"

工人们见年已半百的张状元竟然不顾一切地冲向海堤，开始简直以为他是发疯了，但很快，他们都被张謇的精神感动了，也纷纷跟上了海堤。

"修补堤坝，不能让潮水上岸！"张謇一边发号施令，一边带头挺身而出跳到海水里去搬石头。但是张謇毕竟是一个文弱书生，一浪打来，就把他打得跌倒在地。工友们连忙来扶他，张謇直摇手，说："快去搬石头！"工友们只得赶紧去搬石垒坝，张謇也艰难地在海水中抱着石头一步步往前挪。

终于，这一段缺口补了，张謇才离开这里，又向前去查看别处的险情。

经过几年的开垦和建设，通海垦牧公司已经初具规模。当年的荒滩，如今有9万多亩变成了良田，年产棉花多达四五万担。他们以堤划区，各堤之间都建有居室和厅堂。储物有仓库，吃菜有园圃，佃工有成排的宿舍。买东西也很方便，离宿舍不远就是市场。

出门有路有桥，交通十分便利。特别是每年收获的那堆积如山的棉花，使大生纱厂的原料供应得到了可靠的保证。不常出门的农民到了这里，几乎以为自己是真的进了桃花源。

这确是中国大地上前所未有过的景况。

张謇常常说，一个人办一个县的事，要有一省的眼光；办一省的事，要有一国的眼光；而办一国的事，就要有世界的眼光。这种思想，自始至终贯穿在他兴办实业的过程中。他从来就不满足于现有的事业，一直在不断扩展事业的规模。1904年，他利用大生纱厂的盈利和新入股的资金，投资63万两白银，增添纱锭2.4万枚，所用的机器设备等也逐步加以更新。就这样，到1913年，大生实业集团已经拥有200万两白银、

实业救国 衣被天下

6.7万枚纱锭。

除了兴办垦牧公司，张謇还以棉纺织业为中心带动了其他行业的发展。1906年，张謇为了解决纺织机器设备的维修制造困难，开办了资生铁冶厂，还有广生榨油公司、大隆肥皂公司、吕四盐业公司、镇江铅笔公司、上海大达轮船公司、江浙渔业公司等也接连兴办起来，到第一次世界大战前夕，张謇已兴办各类企业二三十个，形成了一个以轻纺工业为核心的企业群，一个在东南沿海地区独占鳌头的新兴的民族资本集团。

1914年第一次世界大战爆发，帝国主义忙于打仗，暂时放松了对中国的经济侵略，中国的民族工商业的发展进入黄金时期，张謇的事业也在这时达到了顶峰。1917年，单大生纱厂的盈利就达76万两白银，1919年又赚了263万两白银。到1922年张謇70岁生日时，大生集团四个纺织厂，资本达900万两白银，有纱锭15.5万枚，占全国民族资本纱锭总数的7%。同时，在盐、垦、牧方面，他先后开办了20个盐垦公司，成为东南实业界的巨人！

张謇创办教育的故事

在兴办实业之外，张謇一生中最为重视的就是办教育了。因为他认为教育也是救国救民的重要手段，要想国家富强，人民就得掌握知识，因此，中国必须大力发展教育事业。他先后兴办了大生纱厂职工专科学校、纺织专科学校、铁路学校、吴淞商船学校等，为东南沿海地区的实业培养了各种有用人才。张謇在

1902年创办的通州师范，是我国历史上第一所师范学校。此后，他还先后创办了女子师范学校、城厢初等小学、幼稚园、盲哑学校等。1920年，他又将纺织、医学、农学三个专科学校合并为综合性的南通大学。同时，他还创办了中国第一个博物馆——南通博物苑，以及图书馆、气象台、医院、公园等，使南通成为一个文化比较发达的城市。

死后求活 惟持教育

　　热爱教育，献身教育是张謇师德观的灵魂与核心。张謇的晚年，正是帝国主义列强疯狂地瓜分中国，中华民族处于生死存亡危急关头的年代。张謇认为在当时的中国，教师的作用和责任不再仅仅是传道授业解惑，更重要的是开民智，洗国耻，强国富民。因此，张謇十分重视引导师范学校的师生树立教育救国、教育强国的人生理想。张謇强调"救亡之策、莫急于教育"。要"洗国耻"，必先"开民智"；而要"开民智"，必须"普及国民之教育"，尤其要重视"贫民教育"。张謇呕心沥血兴办师范学校的目的就是要培养成千上万热爱教育、矢志不移、具有教育救国理想的师资人才。1903年他在师范学校开校演说时就开宗明义地指出："中国今日国势衰弱极矣"，"诸君诸君，须是将天下一家，中国一人，民吾同胞，物吾与也之道理，人人胸中各自理会，须是将先知觉后知，先觉觉后觉之责任，人人肩上各自担起。"1904年，针对日俄战争在我国东北地区爆发，而国内许多人麻木不仁的状况，张謇又一

兄意患散鞭發癰勢為
積乃不易顧沒更思議之唯
頓消息內外極生冷而心腹中
恒無他此一是若但救源不除自
不乃佳論事当随宜愿之危 警

次向全校师生大声疾呼：旧俄之战，无论孰胜孰负，祸终萃于我国。"而知此痛者以全国人比较分数不过千万中一二……开民智，明公理，舍教育何由？然则今日国势之危，正迫我校诸生热心普及教育之猛力药。"张謇殷切地希望他的学生都能承担起开民智，明公理，救国救民的历史重任。二十世纪初的中国，政治腐败、

经济落后、社会动荡、人民极度贫困，兴办教育是十分艰难的。张謇认为要普及教育，实现教育救国的理想，必须要有"死后求活，惟持教育"的决心，要有"不顾牺牲目前之快乐，力与患难为敌"，"视烈风雷雨与景星卿云等量齐观"的勇气和毅力。张謇十分推崇武训节衣缩食、百折不挠，乞讨办学的精神，称颂武训是教师学习的楷模。他认为武训虽然是个叫花子，"所处极低极苦"，然而"成就极高极卓"，"论其仁，则大仁；论其智，则大智；论其廉，则大廉；论其勇，则大勇；论其信，则大信，""是则六洲万国之教育者皆当崇奉者也！"他经常教导学生学习弘扬武训精神，艰苦创业，锐意兴学，为普及教育，强国富民鞠躬尽瘁。

艰苦自立　忠实不欺

张謇认为"艰苦自立、忠实不欺"是做人的根本，也是教师最基本的职业道德要求。他在创立南通师范学校之初，就把这八个字作为该校的校训，作为指导学生言行的基本准则。张謇在多年兴办教育的艰苦实践中，深刻地认识到，在当时的历史条件下，要普及教育，"非忍气耐苦，必无着手之处。"因此他十分重视学生"养成勤勉耐劳之习惯"，培养学生自力更生，艰苦创业的精神。他认为"勤勉节俭，任劳耐苦诸美德，是成功之不二法门"。"俭可以养高尚之节，可以立实业之本，可以广教育之施"，"诸生既投身于教育，苟不自俭，何能教人？"他要求师范学生自己打扫宿舍、厕所、教室和校园，利用课余时间在校园的杂边地种植树木、瓜果、蔬菜和旱稻，要求学生学习修理门窗桌椅，学会洗衣做饭，烹制各种菜肴。他带头和学生一起穿布衣，吃粗茶淡饭。对于毕业后在乡村任教的学生，张謇一再谆谆告诫他们要以普及教育、造福社会的事业为重，不要计较个人的工资得失和工作条件的好坏。他强调"假使一小学建筑务求美备，形式务求完全，教员务求厚律，供给务求丰旨"，则学校"今年能创，明年将穷，教育必无普及之一日。"当在办学中遇到困难的挫折时，他鼓励学生不要怕谣言，不要怕诽谤，不要怕威胁，不要怕围攻殴打，要有自强不息，一往无前的精神。"要有虽千万人吾往之气，有人扶助要做，有人阻抑也要做"，普及教育"万万不可缓"，要"将外来横逆当作红火熔淬金铁，借以熔淬我积成君子之资格"。正是凭着这种百折不挠、自强不息的精神，张謇和他的学生们仅用20多年时间就在南通创办了300多所各类大中小学校，为普及地方教育做出了杰出贡献。

针对当时社会人欲横流、尔虞我诈、争名逐利、世风日下的状况，张謇告诫学生，"以今日社会言，流毒几遍。""欲得一不说谎，不骗人者难矣。""明者处之，须能辨别事理，毋为所染，将以移俗，然后可以为人师。"他要求自己的学生不要随波逐流，去除科举时代"贱儒"的不良风气，远离官场的腐败恶习，要有"出于淤泥而不染"的情操，始终保持忠实不欺的高尚人格。他认为忠实不欺是教师立身处世的根本，"修身之道，固多端也，即就不说谎，不骗人做去亦可矣"，"诸生虽不能强人以善，切不可随之而不善。国虽万变，要不失为我之地位。"而要做到忠实不欺。张謇认为应"时时以忠信笃敬为训"，"忠则不二，信则不欺，笃则不妄，敬则不偷。"教师只有做到了"忠信笃敬”，才能取信于民，取信于社会，才能真正担当起开民智，明公理，修公德的社会责任。

擎擎向学　力求精进

张謇认为，教师不仅要有高尚的人格，而且要有渊博的学识，要有精湛的技艺，要有探求科学，追求真理，勇于创新的精神。张謇曾多次将中国和西方进行比较，他认为中国之所以落后，一个重要的原因，在于中国人缺少进取精神、竞争精神和创新精神。因此，他特别强调他的学生要有“勇猛精进”的意识，

并努力把这种意识转化为民族精神。他认为要做到力求精进，一是要有远大的志向。针对一些学生胸无大志，不思进取的心理，张謇指出"人患无志，患不能以强毅之力行其志耳！成就大小，虽亦视乎才能境遇，及其他种种关系，然果能以强毅之力行其志，无论成就大小，断不能毫无所成。夫立志之权，自我操之，虽天地而不得限也。""诸贤当共念国家来日之大难，力图教育根本之至计，必有精进不已之心，然后能成物；必有恢宏无外之量，然后能集忠。毋以已至而安于自足、毋以自小而局于一隅。"二是要博学审问慎思明辨。针对一些学生浅尝辄止，不求甚解，不愿多读书，不愿多实践的毛病，张謇反复强调"须知无论成何事，必求其博，博则精，精则可择。""中国当此危险之时，即为促进进步之时，故须博而学之。"他要求学生珍惜青春年华，單革向学，"口不辍语，手不辍书，行不辍思，卧不辍虑"，努力发展完善自己，将来成为德才兼备的社会栋梁。三是要拼搏进取，持之以恒。针对教师和学生中经常出现的怕苦畏难急于求成的浮躁情绪，张謇指出："古今学者所以能成其学，何一非从艰苦中来。"学习犹如"行远登高，非不知有跋涉之事，但以行远登高为志，则志于千里。"他形象地指出，对待困难如同"顿兵坚城之下，决战强敌之前，势既无可退让，舍冒险而进作夺森而舞之思以求必胜，此外更有何法？"

凡教之道　以严为轨

张謇兴办教育一向以治学严谨、管理严格著称于世。张謇认为严谨严格是教师必备的优秀品德，也是学校进行教学活动的基本前提。他强调"凡学之道，严师为难。师严然后道尊，道尊然后人知敬学。""师道贵严，中外同轨。非是则无所为教，无所为学。"因此，他十分重视对师范学生进行严谨学风教风的教育熏陶。张謇主张严谨作风的养成，首先要有科学的严格的规章制度，使学生有所遵循，有所依据。他明确指出，所谓师范"范者法也，模也。学为人师而不可不法不模。""校章者，管理法也。监理能行，诸生能守，是为范之正轨；今日能守，异日能行，是为范之结果。"他在南通师范学校创建之初，就为该校建立了一系列规章制度，并严格地实施执行，做到赏罚分明。他认为赏罚可以"整齐一校规则，锐利一校精神。"他给每个学生都设立了"功过簿"，每天记录，每月汇总后寄送给学生父母，既报喜，也报忧，请家长一起配合学校对学生进行教育。他要求学校每个星期都要对学生进行讲评，每个学期都要对学生进行赏罚，褒奖先进，鞭策后进。对那些学习不努力，不守公德，违法违纪的学生，经教育不思悔改的，要坚决开除，决不姑息迁就，使学校始终保持积极向上的良好风气。张謇非常反对一些教师不负责的放任主义态度，严肃地指出："军队放任，则将不能以令；学校放任，则师不能以教。将不能令则军败，师不能教则学校败。"学生年轻幼稚，好学上进，可塑性强，"犹水在盂，盂圆则圆，盂方则方。犹土在陶，陶瓦则瓦，陶器则器。"因此教师对学生负有教育熏陶之责，教师如果对学生放任迁就，就是失职，其结果只能是误人误校误国。张謇还十分强调"严格主义"的治校宗旨，绝不是冷酷无情，惩罚学生，而恰恰相反是为了爱护学生，使学生"相劝以勤学，相规以利行，相爱以合群，""为诸生养成人格，他日为良教师。"其殷殷之心，溢于言表。

良知之学　知行并进

　　张謇晚年创办教育，历经坎坷，饱尝辛酸。最使他痛恨的是官府和权贵们口是心非，言行不一，欺上罔下，愚弄百姓。因此，张謇反复强调师范学校的学生不要为社会恶习所染，应努力培养言行一致，表里如一，学以致用，知行并进的优秀品质，将来成为利

025

国利民的合格教师。
怎样才能做到知行
并进呢？张謇认为
首先要知，只有
"知之真"，才能
"行之力"。他要求
学生静心苦学，博
览群书，博采众长，
努力汲取古今中外
科学文化的精华，
"不独哲学，文学非
多看书不可，即就
科学而言，其各科

之间，常有相互之关系，举其一不能废其二。且同一
科目，此书与彼书，详略有不同，同一论题，此说与
彼说，见解有差异等，必比类而观，乃能知其要，参
互以证，乃能会其通。"他批评一些学生之所以会
"自知之而自犯之，则行之不力，终由知之不真。"张
謇在强调学生重视书本学习的同时，还特别重视引导
学生学以致用，在实践中探索新知，追求真理，塑造
人格，陶冶情操。他指出"学校所讲之修身，仅为理
论之出处，社会则实践矣。""学问兼理论与阅历乃

成，一面研究，一成践履，正求学问补不足之法。"他认为教室、自修室、寝室、食堂、图书馆、操场以及各种社会活动场所都是学生修身的课堂。要求学生修身要从吃饭、穿衣、行路、言谈、做卫生等日常小事做起，每日三省，闻过则喜，见贤思齐，在实践中学会做学问、学会做事、学会做人。对于那些勤奋苦学、乐于助人、敬老爱幼、拾金不昧、遵守校纪的学生，张謇都及时给予奖励，并张榜公布，为其他学生树立知行并进的榜样。张謇还认为，每个人一生中都会遇到逆境，而逆境正是锻炼人才的熔炉，一个人最难能可贵的是在逆境中也能自强不息，行得端，做得正，

实业救国 衣被天下

——轻工之父张謇

保持高尚的气节。他经常用自己拼搏进取的人生经历激励学生在逆境中加强人格锻炼。他说:"自弱冠至今三十余年中,所受人世轻侮之事,何止千万,未尝一动色发声,以修报复。惟受人轻侮一次,则努力自克一次,以是至今日。""愿诸君开拓胸襟,立定志愿,求人之长,成己之用,不妄自菲薄","不与世界腐败顽劣之人争闲气,而力求与古今上下圣贤豪杰人争志气。"他特别寄希望于那些家境贫困的学生,能继承他的志愿,艰苦自立,发愤成才,为中国教育事业的普及披荆斩棘,开拓耕耘。

爱国爱群　爱亲爱己

　　张謇从小就受到儒学"仁者爱人"和墨家"兼爱"思想的熏陶,加之他自己生于贫寒,长于忧患,对劳动人民的疾苦有深切的体验和了解,因此他对劳动人民有一种特殊的敬爱之情,他的这种忧国爱民的情感也深深地体现在他师德思想之中。可以说爱国爱民爱生是他师德思想的基石和精髓,是他兴办教育事业的出发点和归宿点。19世纪末,当大多数封建士大夫都热衷于争名逐利、追求荣华富贵的时候,张謇却毅然辞官还乡,白手起家,创办实业,并不顾一些人的冷嘲热讽,将创办实业的大部分所得投入教育。张謇曾多次坦陈自己的心志："现吾国国计民生日整，欲图自存，势已岌岌；舍注重实业教育外，更无急要之计划。""惟见社会不平，必求所以改革，故办种种实业教育为穷人打算，不使有冻馁之忧。"正是本着这种忧国爱民的宗旨，张謇在兴办教育的过程中特别重视发展贫民教育，处处为贫苦百姓着想，希望能"广教育于穷乡子弟。"他先后在南通城郊创办了贫民半日学校，市民工商补习学校、艺徒学校、女工传习所、蚕桑染织传习所。创办了全国第一所盲聋哑学校，并在南通沿海垦牧区兴办了一大批贫民子弟学校，为成千上万的贫苦子弟读书就业创造了条件。为了发展贫民教育，他还热心资助了许多家境贫困的学生进入师范学校学习，并激励他们弘扬爱国爱民的美德，将来"笃志于贫民教育"。

张謇热爱祖国，热爱人民，更热爱他的学生。他认为"国家前途舍学子无望"，尤其是到了晚年，他把强国富民的希望都寄托在莘莘学子身上。他把学生视为苗木，把自己视为园丁，认为自己的责任就是"培护径寸之茎，使之盈尺及丈，成有用之才。"张謇认为教师一定要有爱心，热爱学生是教师进行教育活动的前提和基础。他把有无爱心作为教师是否合格的一项基本条件，指出："苟无慈爱心与忍耐心者，皆不可

实业救国　衣被天下

任。固不纯恃学业之忧，为己足尽教育之责也。"为了教育培养学生，他废寝忘食，殚精竭虑，像牛马一样劳作，"终岁无停蹄"。张謇关心爱护学生的许多动人故事，曾被当时教育界传为佳话，至今仍然在南通流传。

不忍失梅子　欲将听鸟鸣

　　近代江苏南通的实业家张謇是个多面人。他 1853 年生，年轻时，参加光绪朝科举考试中过状元，后入淮军当幕僚。过了 40 岁，开始投身工商实业活动中，在南通，创办大生丝厂，举办通海垦牧公司、大达轮

船公司、复新面粉公司、资生铁冶公司、淮海实业银行，投资办苏省铁路公司、大生轮船公司、镇江大明电灯厂；参加过清末的立宪运动，当过江苏省咨议局议长；辛亥革命后，当过临时政府的实业总长，当过袁世凯政府的农业总长；组织成立过统一党，对抗国民党。

他就是这样一个人，还曾有过一段热心参与文化教育事业的历史，他的观点是，教育和实业一样，也是"富强之大本"。

张謇参与文化教育，主要是做改良和推广戏剧艺术的工作，而对于戏剧艺术的改良推广，他有个愿望：想让欧阳予倩的南派京剧和梅兰芳的北派京剧联合起来。他认为只有他们二人联合，京剧才能繁荣发展。

1919年，他在南通创办了一所伶工学校，旨在培养戏剧人才。他聘请欧阳予倩当学校负责人。与此同时，还开了一所更俗剧场，请梅兰芳到南通演戏，使欧、梅二人有机会接触。为方便欧、梅二人交流，他在剧场内设了一间"梅欧阁"，阁内悬挂对联"南派北派会通处，宛陵庐陵古今人"。这上联直言让欧、梅联合的愿望；下联，宛陵是宋朝梅尧臣的别名，庐陵是欧阳修的籍贯，用梅尧臣、欧阳修二位古人来衬梅兰

实业救国 衣被天下

芳、欧阳予倩二位今人。以此给二人交流合作创造气氛。

张謇有一首写"梅欧阁"的诗是：

> 欧剑雄尤俊，梅花喜是神。
>
> 合离两贤姓，才美一时人。
>
> 珠玉无南北，笙镛有主宾。
>
> 当年张子野，觞咏亦情亲。

他在这里清楚地表明，二人"才美一时"，自己情之所钟，乐于为二人联合干杯，放歌。

梅兰芳对此有积极响应，1920年梅兰芳到更俗剧场演出。张謇则是每戏必看，每戏必献上一首诗。演出结束后，梅兰芳为答谢张謇，写了一首《临别赋呈啬公》：

> 人生难得自知己，灿烂黄金何足奇？
>
> 毕竟南通不虚到，归装满压强公诗。

"啬公"即张謇。梅兰芳有自知，认为自己并没有特殊才德，就是灿烂的黄金也不值得特别对待，世上只有真诚的关爱才是最宝贵的东西；我此次来南通得到啬公厚爱，深感满意，仅啬公给我的这些诗，就让我欢喜不尽了。

张謇之所以这样对待梅兰芳，就是希望梅兰芳留在南通，他另有一首赠给梅兰芳的诗就是写的这个：

> 孔雀舞炎柱，鹎鹕抢寒枝。
>
> 近郭樊笼密，入林缯缴稀。
>
> 人生贵适性，贫贱安足辞？
>
> 南国树婆罗，柯叶正华滋。
>
> 好鸟栖不巢，恶鸟翔不栖。
>
> 瞻顾复瞻顾，问子将何之？

此诗用对比的方法，写地点不同，条件不同，吸引不同的人，从而获得不同的结果；人应该适应环境，尽管它可能不好；南方很好，但缺乏人才，你应当好好想想，再决定去向。全诗以"鸟"贯穿，鸟会鸣叫，用它喻梅兰芳会唱戏，当然很合适。

梅兰芳因为种种原因，最终回了北京，没能如张謇所愿。

欧阳予倩虽在南通伶工学校为实践自己戏剧改革的主张而努力工作，最后也还是因为学校仅仅只办了6年而不得不宣告终止。

虽然张謇让欧阳予倩、梅兰芳二人联合的愿望没

能实现，但他的一片苦心和至诚努力，还是令人难忘的。

大魁天下——漫漫状元路

1853年7月1日（清咸丰3年5月25日），一个婴儿在通州海门的一个农家小院呱呱坠地，他啼音洪亮，声震屋宇，为这个普通的农家增添了不少喜庆。他就是本文的主人公张謇。张謇小名长泰，进私塾时取名吴起元（因其父早年入赘吴家），直到24岁时才改名张謇，意"直言"，字季直，晚年号啬翁。

张謇的父母都是平民百姓，在传统的中国社会里，要想改换门庭，摆脱受压迫遭歧视的地位，只有指望儿子通过读书走仕途之路。所以张謇的父母从小就很重视对他的教育，请当地名师，授给《三字经》《百家姓》《大学》《中庸》《论语》等书。张謇也非常聪明，13岁时就能吟诗作对，有一天，老师见门外有人骑白马走过，便以"人骑白马门前过"为题，让学生对下联。张謇的三哥对的是"儿牵青牛堤上行"，而张謇对的是"我踏金鳌海上来"。老师一听，大喜过望，说他志向远大，将来一定能大有作为。过去，读书人大魁天下，中了状元，称之为"独占鳌头"。张謇的这一对句，不仅工整、贴切，而且巧妙地表明了自己的志向。

张謇从15岁开始参加科举考试，县、州两试一举通过，但是州试的成绩欠佳，只是勉强录取，他的老师宋璞斋非常气愤地对他说"如果有一千人应试，录取九百九十九，要把唯一那个不取的人看成自己！"张謇倍受震动，当即书写"九百九十九"字幅挂于卧房之中，以时刻激励自己。他睡觉时在枕头边上系着两根短竹，夹住自己的辫子，一翻身牵动辫子，惊醒过来，立即起来读书。夏天蚊子多的时候，张謇就在书桌底下摆两个坛子，把脚放进坛子里，全身心地投入到读书写字中。经过一番"卧薪尝胆"的努力，张謇不仅中了举人，而且学业日进、见识日增，在世人口中，获取了"江南才子"的美称。

虽然张謇顺利地中了举人，但是之后的科举之路却走得十分艰难，用"长途跋涉"恐不为过。从小考到大魁，张謇奋斗了整整27年，真正体味了科举考试是统治者设置的象牙之塔，越往上越难通过的滋味。

张謇中状元时，已经41岁了，为什么偏偏这年高中了呢？原来，张謇虽在仕途中遭受多次挫折，但他的才、学、识在各种各样的考试中得到了充分的表现，加之早年在吴长庆军中从事军事外交活动崭露头角，声誉噪于中外，成为当代名士。所以，张謇自随吴长庆在朝鲜平定"壬戌之变"回国后，"清流"领袖潘祖荫、翁同龢等，也就是当时朝中的帝党，就有了提携之意。从1886年起，南派清流利用他们手中掌握的主考录取权利，曾经多次暗中识别张謇的考卷，希望他高中，但是，天不遂人愿。结果，第一次误将无锡孙叔和的卷子当作张謇的卷子，第二次又把陶世凤的卷子误以为是张謇的卷子，第三次又将武进刘可毅的试卷误认为张謇的。由此可见"清流"提携张謇的心情之迫切，但我们也可以看出清廷科举黑暗、腐败的一面。

光绪二十年（1894年）慈禧太后６０大寿，特设

"恩科"会试。

此时的张謇已经无心应考。他在1885年高中"南元"(南元就是南人列北榜名次最先者,这是十分罕见的,因为从顺治年间开科到光绪十一年,200余年间南方士子取中"北榜"第二名的很少,仅有3人,因其稀罕,声誉较高,虽非"会元",却被尊称为"南元")后,连续几次败北的打击,使他决定不再应试,把试具都毁了。但是,他的父亲——76岁的张彭年苦苦恳求儿子再试一次。张謇不便违拗父命,只好勉强答应,但迟迟启程,3月29日才抵京,入场时间已到,遂向友人借了一些考试的用具,匆匆忙忙的进入考场。发榜之前,他也不抱任何希望,连是否被录取的消息都懒得打听。然而,出乎张謇意料的是,在礼部会试中,他竟获中第六十名贡士。在接下来4月份的礼部复试中,张謇又被录取为一等第十名,取得了参加殿试的资格。4月23日,殿试如期举行,翁同龢为防止再错认卷子,误录门生,命收卷官坐在那里等张謇交卷,然后直接送到自己手里,匆匆评阅后,得出"文气沈老,字亦雅,非常手也"的结论,竭力加以拔擢。翁同龢还做了其他阅卷大臣的工作,把张謇的卷子定为第一。在向光绪帝引见时,翁同龢特地介绍说:"张謇,江南名士,且孝子也。"张謇中头名状元,照清廷

实业救国 衣被天下

轻工之父张謇

惯例，授为翰林院修撰。这样，张謇经过长达27年的艰难奋斗，终于走完了漫长的科举之路，成为令人羡慕的状元郎。

与一般举子在高中状元之前完全闭门读书不同，张謇非常重视通过社会实践增加自己的阅历和知识。早在21岁那年，他就去担当江宁发审局委员孙云锦的文书，后来又到浦口淮军统领提督吴长庆幕中任职。1882年6月至1884年5月间，又随庆军开赴朝鲜。在这些军幕生活中，有许多具体的军务杂事要他处理，琐碎繁忙。1884年，庆军将要撤离朝鲜回国。张謇因在处理善后问题中才能杰出而受到各方面的重视，朝鲜欲以"宾师"的待遇聘他留下，北洋大臣李鸿章和张树声、吴长庆三人也联合上书推荐他在清廷中任事。

但张謇觉得功名要靠自己谋求，所以不论是朝鲜还是清廷的美意他都坚辞不受，决计靠自己的努力博取前途。这一年的7月，张树声在粤督任内，又一次延请张謇前去任事，他仍然婉言谢绝了，固有"南不拜张北不投李"之说。自立、自强是张謇的良好品德，也是他能创大业、成大器的动力和源泉。

"实业救国"——艰辛办工厂

1894年，张謇中了状元，他本以为可以稍微喘息一下，再沿着传统的读书、做官、造福百姓的路子为国家和社会尽力。但在这年7月，中国和东邻日本之间爆发了一场以国运相赌的大战争。甲午战争不仅是中日两国之间的军事较量，同时也是对两国工业化力量的大检阅，也可以说是中日两国现代化程度的较量。中国在这一场战争中被击败，被迫割地赔款、屈辱求和。甲午战败是张謇人生道路转折的关键。

中日甲午战争爆发之际，张謇刚好接到父亲病危的消息，只得告假回乡。当张謇辗转赶到家中，他的父亲已经去世了。真是树欲静而风不止，子欲养而亲不待。他跪倒在父亲遗体之前为未能亲自侍奉老人而仰天悲号。接着更让他伤心痛哭的消息又传来了。堂堂天朝大国，竟败在东洋"蕞尔"小国日本手中，饱尝了前所未有的屈辱。甲午战败，使张謇清醒地看到：九仞宫之内，并不是他的用武之地，金榜枉题名，空负凌云志，与其做无为之争，还不如做一点点对国家和社会都有用之事。他开始认真思考中国的前途和未来，思考自己的人生之路。

张謇的实业救国思想在状元及第之前就已形成了。早在1879年，张謇就极富远见地说："中国大患不在外侮之纷乘，而在自强之无实。"换句话说，洋务运动为中国现代化指引的方向并没有错，错的是实践。1885年，张謇提出："中国须兴实业，其责任士大夫先之。"他把中国进步与发展的希望寄托在有知识、有文化的知识分子身上，希望知识分子能舍弃过去那种贱商、鄙商的态度，走实业救国之路，以自己的行动为天下倡。1888年，他在《赣榆县志序》中，主张在体例上把食货、学校放在军政、官师、人物等部之上，表现了他对教育和实业两大问题的格外关注。1895年，张謇代鄂督张之洞撰写《条陈立国自强疏》，在该疏中，张謇批判了那些把西洋的富强看成是"以兵立国"和"以商立国"的"皮毛之论"，指出"外洋之强由于学"，"富民强国之本在于工"。中国倘若真能"广开学堂"、讲求人才，劝工惠商、振兴实业，则"不仅为御侮计，而御侮自在其中矣"。
该疏实际开张謇以后教育救国、实业救国之先声。如
果说甲午战败以前张謇的实业救国、教育救国的思想
还是零星的、停留在口头上的，那么，经过甲午战争
的刺激，张謇终于从理论走向了实践，与此同时，他
的思想也成熟了。光绪二十二年（1896年）初，张之
洞呈请清政府委派张謇、陆润庠、丁立瀛分别在通
州、苏州、镇江设立商务局，招商办厂，抵制日货，
张謇不仅欣然领命，而且一直努力到他人生的最后一
刻。而与他同时领命的陆润庠在苏州办了个苏纶纱厂
后又回到北京做官去了，丁立瀛在镇江则更无所作
为。张謇好不容易圆了千千万万读书人心中的美梦，
走上了"学而优则仕"的道路，与帝师翁同龢交往密
切，又中了状元，做了翰林院修撰的工作，可谓仕途
一片光明，而他却走入向来为士林鄙夷不屑的商人之
列，其中的根源主要在于他所遭遇的时代。《马关条
约》签订后，列强对华投资合法化，帝国主义掀起了
对华投资狂潮。据统计，从1895年到1914年，列强
对华投资总额约42.56亿元，其中产业资本为10.21亿
元，大大超过了同时期中国的工业化资金(1895——
1914年中国设立的资本在一万元以上的本国工矿企业
549家，投资总额12029.7万元，还不到同时期列强对

实业救国 衣被天下

华产业投资总额的八分之一)。张謇看到列强利用中国原料在中国办厂，又将产品销售给中国牟取暴利，十分痛心。他说："捐我之产以资人，即用资于我之货以售我，无异沥血肥虎而袒肉以继之，利之不保。我民日贫，国于何赖!"针对帝国主义在中国办厂开矿的狂潮，他主张"用宁我逼人，毋人逼我之法"，"设立机厂，制造土货"，发展实业。他检索了当时清政府的海关关册，发现对外贸易的严重入超在近代中国造成了一个比任何赔款都更加厉害的漏卮。根据有关资料，可以看出，中国从1877年开始就年年入超，甲午战败后的1896年便达7150.8573万海关两，到1902年中国入超额竟突破一亿海关两。对此，张謇不无忧虑地说："国人但知赔款为大漏卮，不知进出口货价相抵，每年输出，以棉货一项论，已二万一千余万两，铁亦八千余万两。暗中剥削，较赔款尤甚。若不能设法，即不亡国，也要穷死。"在进一步研究了海关关册后，张謇发现在中国进口货物中，棉和铁两项所占的份额最大。为什么呢？张謇认为这是因为"棉铁为国家基本工商业。"棉事关人民衣食所需，中国人口达四万万之多，倘若"衣食所资，事事物物，仰给外人，虽欲不贫，乌可得也?""钢铁事业为各种工艺之母"，"欲兴实业而无制造农工器之铁，则凡营一事，无一不需购自外洋，殊非本计。"他认为，中国只要牢牢抓住这两项，便"可以操经济界之全权"，有效地抵御列强经济侵略。棉铁主义就是张謇实业救国的基本主张。为了救国，为了倡导实业救国的思想，实现他"欲为中国伸眉，书生吐气"的志向，他以状元的特殊身份，"溷秽浊不伦之俗"，"伍生平不伍之人，道生平不道之事"，毅然下海经商，走上状元办厂的道路。因此"办实业"对于张謇来说并不是一个偶然的想法，而是时代赋予张謇的使命，是张謇顺应历史潮流做出的正确选择。

要开设工厂，首先是资金问题。但张謇除了状元这一头衔外，其原始资金"不过一二千元"，远远不够办厂的需要。为了获得启动和周转资金，1896年春、夏之交，张謇以状元公的身份奔走于海门、上海等地，得到沈燮均、潘鹤琴、刘桂馨、郭茂之等人的支持，组成了一个筹建纱厂的董事会，开始筹集资金。

"状元办厂"可以说是史无前例，惊世骇俗，对于视"工商"为"末业"的中国传统社会来说，简直不可思议，许多人羡慕状元，但他们不相信状元能办厂，更无法相信状元办的厂能获得利润，因而对于投资之事多持"冷眼旁观"。上海的股东也因当年上海的股票风潮，"谈股色变"，资金筹集一时陷入了毫无进展的僵局。张謇心急如焚，就向张之洞发出了求援信号。张之洞对于张謇办厂非常支持，答应给予部分"官助"，其余的让他以"自筹"为主。

这时候，原先湖北南纱局向地亚士洋行购买的"官机"引起了人们的关注。因为这批"官机"有纱锭40800枚之多，被荒废地堆放在杨树浦江边已经三四年了。两江总督刘坤一曾经命令上海商务局道台桂崇庆把这批"官机"低价卖出。但当时纺织行业低迷，纱厂纷纷倒闭，根本无人愿意购买，况且这批"官机"大多锈迹斑斑。刚好张謇在为筹措资金购买纱机的事情一筹莫展，于是就与桂崇庆达成协议，把"官机"折合成50万两银元作为大生纱厂的入股资金。这样大生纱厂就解决了50万两的资金，只要再招商入股50万资金就可以开机出纱了。

以后筹集初纱厂资金的过程仍是一波三折，遭遇到尴尬和困境难以言说，但张謇抱着一种"打落牙齿和血吞"的坚强心态，奔波劳碌3年有余，矢志努力，最终得到好友沙元炳及当地一些父老的支持，化险为夷，筹到了办厂所需的资金，1899年4月，大生纱厂开机了，第一批纱终于流出。张謇为他的纱厂取名"大生"。"大生"取自《易经》"天地之大德曰生"，它包含着张謇对实业救国道路的理解和对自己选择的人生道路的期待。

纱厂建立后，面临的一个严峻的问题是收购棉花等原料的周转资金还没有到位。第一批原料棉花也只能维持半个月的生产，纱厂的运营面临严重的问题。无奈之下，张謇只好给当时的上海招商局督办盛宣怀写信求援，正如他后来回忆说，"我写给盛宣怀的信几乎是每一个字都是含着眼泪写的。"盛宣怀一口答应投资，可就是迟迟不予兑现。张謇赶到上海催款，盛宣怀佯称正在筹集，要张謇为他写字。张謇就不辞劳苦，踏踏实实给他写了两个月的字，可是投资的事仍遥遥无期，气得张謇跑到黄浦滩头，望着昏黄的江水，真想一跳了事！

回到南通，张謇迫于无奈想到了"挪用公款"这个下下之策。他给刘坤一、张之洞发函，费尽唇舌才逼出少量地方公款以解燃眉之急。但这多多少少触犯了地方官的利益，他们便处处加以刁难。通州知州汪树棠故意把协助募集股金丑化成强征苛捐杂税，引起当地民众很大的不满。张謇啼笑皆非，连忙恳求停止这种帮倒忙的"劝募"。刘坤一命汪树棠暂用若干地方公款资助张謇，汪树棠又偏偏要挪用本地秀才、举人应乡、会试的"宾兴"、"公车"两项费用的积存。这两笔费用总共只有一万多元，根本解决不了大生纱厂的危急，但却引起了当地秀才们的公愤。得知张謇将要动用这笔钱，三百多名秀才聚集到了县衙门口要向张謇讨还公道。人家来找他评理说，你也是个读书人，你怎么可以把我们的津贴、我们考试用的钱，拿来赚你的钱呢？

大生纱厂就是在这样资金紧缺的情况下艰难的运作着。由于棉纱行情尚好，纱价一直看涨，卖纱所得的款子也日渐增多，原料也供应不缺，大生纱厂终于化险为夷，存活并发展起来。经过五年多的艰苦创业，一座新型纱厂终于矗立在经济落后的长江北岸，它的诞生将引起通海地区在经济、文化等方面一系列的巨大变化。

"教育救国"——倾心办学堂

　　张謇的教育救国思想和他的实业救国思想几乎是同时形成的。作为一个读书人，他早就明白民是国的基础，国家的现代化以国民个体素质的现代化为前提。"一国之强基于教育"，民愚则国黯，"民智则国牢"。作为一个倍受传统的科举教育折磨的读书人，他更明白，中国要进步，要发展，不能靠传统教育，一定要发展近代教育。他曾把西洋近代教育与中国传统教育相对比，深刻地指出："科举主意在培养特别之人才，学校主义在开通多数之民智。"他认为教育的基本责任就在于开启民智，唤起民众的责任心，增进民众的知识，培养"合格的国民"。张謇说："教育者，期人民知有国。"这一目的不仅适用于小学、中学教育，同样适用于大学教育。"所谓大学者，养成可以为官之国民，不必尽为官也。……与其得多数无意识之官，不如得少数有意识之民。"张謇在筹办大生纱厂时，就有了利用纱厂的利润兴办学校的想法。他曾自述自己兴办实业的起因说："办学需经费，鄙人一寒士，安所得钱？此时（指甲午战败以后）虽已通仕，然自念居官安有致富之理。古人虽亦云为贫而仕，要知，为贫而

仕一语，系专为抱关击柝而言。自一命以上，皆不当
皇皇然谋财利。据正义言之，其可以皇皇然谋财利者，
惟有实业而已，此又鄙人兴办实业之念所由起也。"在
兴办实业的过程中，张謇对教育的意义，特别是教育
与实业的关系又有了进一步的认识，他说："世界今日
之竞争，农工商业之竞争也；农工商业之竞争，学问
之竞争，实践、责任、合群、阅历、能力之竞争也。"
他认为，中国要发展，教育和实业两者缺一不可。一
方面，"兴教育必资于实业"，"不广实业则学又不昌"；
另一方面，教育为"万事之母""有实业而无教育，则
业不昌"，"苟欲兴工，必先兴学"。因为办学需要师
资，张謇把创办师范学校，培养师资看作是发展中国
近代教育的第一环。他说："师范为教育之母"，"欲求
学问而不求普及国民之教育则无与，欲求教育普及国
民而不求师则无导，故立学校须从小学始，尤须从师
范始。"他认为中国兴办教育的正轨应该是"师范启其
塞，小学导其源，中学正其流，专门别其派，大学会
其归。"知而必为，想到即去做是张謇的性格。1902年
张謇抱着"家可毁，不可败师范"的决心创办了通州
师范。

　　1902年夏天，张謇经营的大生纱厂有了一定的利
润，他便向两江总督刘坤一和南通地方长官提出办师

范学校的打算，还递呈了办学宗旨及大体规划，尽管刘坤一非常赏识和支持张謇的想法，但地方官吏中的一些守旧派却极力反对，说什么"中国他事不如人，何至读书亦向人求法？"这些闲言碎语，没有动摇张謇办学的决心，他在和罗振玉、沙元炳详细商量后，决定创办私立师范学校。他对学校的各项校规章程，以及如何招集生徒、教习考核、生活管理等各条各项都结合中国传统办法和西洋经验，拟定了详细的条文。之后，张謇选定通州南门外荒废了的千佛寺作为校址。

经过7个月的修建和筹备，到第二年春天，这座破旧的大庙，已经被改建成一个占地41亩，可容纳学生300余人的新型学校。在校舍还没有建成的时候，张謇就大开才路，广求名师。他聘请学界名流王国维为国学、教育学教员，又聘日籍教师西谷虎二、木村忠法郎等担任伦理学、西洋史、教授法等课的讲师。有了教师，又开始招生，先招了本科（3年）、讲习科（1年）各一个班。学生一般从贡生、监生之中选取"性行端淑、文理素优"的人，生源素质非常高。在学校筹建过程中，许多事情张謇都亲力亲为。他亲自和庶务检查学生宿舍，一处一处地敲牢门上挂名牌的钉子，甚至还亲自修整厨房和厕所，测量过厕所内蹲坑的两只脚间的距离。当时，他已经50多岁了，还具有状元和翰林院修撰的高贵身份。他对于学堂寄托了太多的期望，首办师范教育也使他感到无比的自豪，他曾说："夫中国之有师范学校，自光绪二十八年始，民间之自立师范学校自通州始。"1903年4月通州师范正式举行开学典礼，张謇特地整肃衣

声价五年争辟命

文章一代振风骚

东郏一老

张謇

050

冠，作了热情洋溢的长篇讲话，整个典礼进行了数小时之久。中国第一个师范——民立通州师范学校就这样创建起来了。作为学校总理，张謇的欢乐是别人无

法理解的，其中的酸甜苦辣又是他人生中又一笔宝贵的财富。

通州师范学校属于中等师范性质，主要培养小学教师。学校设置的课程有：教授管理法、修身、历史、地理、算术、文法、理化、测绘、体操等。基本上适应高、初两等小学教授各门课程的需要。学校的课程设置完全不同于旧式学堂，处处体现着新时代的需要。不久，通州师范分设本科（4年），速成（2年），讲习（1年）各科，并附设实验小学，规模更趋完备。以后，又陆续创办测绘、蚕桑、农、工等科，还建立了工科实验室、农学实验室、农场、博物苑、测绘所等。这些设置已超过了一般中等师范学校的范围，具有大专学校的建制规模了。特别值得一提的是，张謇在通州还兴办了女子师范学校，这在当时不仅是有远见的，而且是移风易俗的创世之举。

除此之外，为培养多方面的人才以振兴实业，实现富民强国的宏图伟愿，张謇还创办了女红传习所、伶工学社、盲哑学堂等多种特殊教育机构，以适应社会的需要。尤其是女红传习所的创办，使南通的女子有了一种自谋生计的职业。著名刺绣大师沈寿的技艺得以流传下来。在女红传习所创办后的第7年（1920年），由于绣品增多，销路大开，张謇在南通成立了绣

实业救国 衣被天下

纺局,以沈寿为局长,并在上海九江路22号设立"福寿公司",专门营销绣织局产品。南通的绣品还曾打入国际市场,当时在美国、瑞士、意大利等国家都有专门销售南通各种绣品的销售处。

在张謇执着不懈的努力下,在大生集团强有力的支持下,从1902到1926年25年间,张謇先后兴办了小学370多所、中学6所、高等学校3所、职业教育学校4所、特殊教育学校2所,形成了一个比较完备的教育体系,以致当时南通"学校之多、设备之完备、人民知识之增进,远非他处所能及"。今天的南京大学、复旦大学、河海大学等许多著名的高校在其创办时都曾得到过张謇的资助。为了开通风气,张謇还在南通地区创办了博物苑、气象台、图书馆、更俗剧场等。作为一个传统教育培养出来的状元,他的目光远远超越了自我。

张謇为南通师范学校的成长,呕尽了心血。校务的重大事情,经费和教职员工的人事安排,他无一不亲自过问。每逢开学、放假,只要他在南通,都亲自演讲训导。学生毕业,他一个个喊着名字,亲自发给毕业证书,使学生深切感受到长者的关切之心。

从"立宪"到"共和"

　　晚清政治风云变幻，处在风雨飘摇之中的清政府，迫于内外政治势力的压力，不得不顺应各界的呼声，打出"预备立宪"的旗号。一心致力于地方建设的张謇，在通州地区大办实业、教育，对政治原本无暇过问。然而，作为一个有远见的实业家，他清楚地知道"实业之命脉，无不系于政治"，所以，他也不甘心冷落政治，一有机会，他对政治还是要发发言的。戊戌维新时期，他虽然嘱咐康有为等人"勿轻举"，但其基本倾向是赞同维新变法的，对维新派的失败感到惋惜。1901年，张謇从"法久必弊，弊则变亦变，不变亦变。不变而变者亡其精，变而变者去其腐，其理固然"的变革观出发，作了长达两万余言的《变法平议》，全面系统地论述了清政府的吏、户、礼、兵、刑、工六部的改革措施。《变法平议》的主旨实际上是重弹康有为、梁启超维新变法思想的老调，尽管它比康、梁的维新变法主张更温和一些。戊戌维新失败以后，国内政治环境还是一片肃杀凄凉。在众口缄默的氛围下，张謇敢于率先打破沉默，重弹康梁维新思想的老调，这需要相当的勇气和胆识，也表明了他

实业救国　衣被天下

——轻工之父张謇

不能忘情于政治的心迹。清政府在复杂的国内国际局势面前做出"立宪"的姿态后，张謇以极大的精力投入到旨在推进中国社会走向进步的立宪运动中去。1903年，他到日本考察实业。在日本期间，张謇考察的重点虽然在实业和教育上，但对日本政治，他也是留心的。在自己的日记中，他分析说，日本成功的

野坐苔生石

荒居菊入篱

秋深一兄

张謇

关键原因就在于其有一个开明立宪的政府——"政府有知识，能定趣向，士大夫能担任赞成，故上下同心，以有今日"。反观中国，"上下之势太隔"，"中国之政府殆远逊于日本"。因此，要有效地推进中国的实业发展和社会进步，就必须以渐进的手段把现政府逐步改造成为一个开明立宪的政府。为了使清政府确实有所更新，同时也是为了推动全国立宪运动的发展，1906

年，张謇等人在上海成立了"预备立宪公会"，郑孝胥任会长，张謇被推为副会长。"预备立宪公会"大造舆论、联络各地立宪团体和有进步倾向的官僚，互通声气，一时间，各项立宪活动开展得红红火火，非常活跃。1907年10月，清政府谕令各省成立咨议局。在张謇等人的积极推动下，1908年冬天，江苏咨议局成立，张謇被推为咨议局议长。张謇认为咨议局是中国走向立宪的里程碑，因此特别兴奋。他一方面加紧推动江苏的宪政筹备工作；另一方面，他积极策划国会请愿活动。1909年10月，张謇同江苏巡抚瑞澂及立宪派骨干雷奋、孟昭常、杨廷栋、许鼎霖等人进行磋商，确定由瑞澂联合各省督抚要求迅速组织责任内阁，由自己出面联合各省咨议局，要求召开国会。为争取浙江省咨议局的支持，张謇亲赴杭州会见汤寿潜等人。当时浙江省咨议局有人发牢骚说："以（今日）政府、社会各方面之现象观之，国不亡，天无理。"张謇生气地说："我辈不为设一策而坐视其亡，无人理。"他觉得国民一定要尽到自己的责任，为国家分忧解难。在张謇等人的多方努力下，1909年12月，各省代表齐集上海会商国会请愿大事。次年1月，各省请愿代表北上时，张謇特地写了《送十六省议员诣阙上书序》，希望代表们"深明乎匹夫有责之言，而鉴于亡国无形之祸，秩然秉礼，输诚而请；得请则国家之福，设不得请而至于三至于四至于无尽，诚不已，则请亦不已，未见朝廷之必负我人民也。即使诚终不达，不得请而至于不忍言之一日，亦足使天下后世知此时代人民固无负于国家，而传此意于将来，或尚有绝而复苏之一日。"

1910年春天，立宪派请开国会的活动达到高潮。清廷见民情激愤，为避免引起剧变，遂于10月下诏缩短立宪时限，定于1913年召开国会。接着于1911年5月成立了以奕劻等人为首的"皇族内阁"。"皇族内阁"的名单公布后，各地立宪派大失所望。6月，直隶省咨议局呈请都察院代奏，指出皇族内阁不合君主立宪公例，失人民立宪之希望，要求彻底改组。在这关键时刻，有人到南通访问张謇，请求他到北京摸摸情况，以决定各省咨议局的态度。张謇终被说动，经与好友雷奋、杨廷栋等商量后，他决定为了国家和民族的大计，暂时放下南通的实业，由汉口取道京汉路北上。

到了北京，张謇晋见了摄政王载沣，并特地拜见了掌管内阁的庆亲王和其他要人，到处披肝沥胆，为立宪游说。但是那些权贵谁也没有真心听他这套说辞，他们误以为张謇北上的目的是谋官，所以希望他留在朝中为官，并给予"宾师"的位置；若愿意外放，则给予黑龙江巡抚等职。听了这班昏聩的官僚们的话，张謇知道，今日的京师和十多年前甲午战争时的状况没有什么两样，赶紧婉言拒绝，返回南通。

1911年10月10日夜，辛亥革命爆发，这一夜，张謇由于要参加武昌大维纱厂的开幕式，正好在武昌停留，目睹了革命的突然发生。起义士兵在民众的协助下一举攻克了武昌，昭示着中国最后一个封建王朝即将崩溃，也预示着新的共和国即将诞生。对于张謇来说，这就意味着立宪运动的失败，惋惜和感叹之情不绝于胸。毕竟曾经是帝党的骨干成员，受过"先帝拔擢"的知遇之恩，加上传统伦理观念的长期熏陶，使张謇在感情上与清王朝藕断丝连。从"立宪"转向"共和"，对张謇来说，不经历一番挽救清政府的努力，是很难做到的。只有在为清王朝奔走呼号"立宪"无效之后，他才能找到转向"共和"的心理支撑。从武昌起义爆发的第二天起，张謇就辗转南京、上海，呼吁清廷公布宪法，召开国会，希冀以此平息革命，稳定国内局势。但是革命的火焰已经不可扼制，在湖南、陕西、山西等省相继独立后，特别是当革命党人攻克上海、浙江，江苏巡抚程德全在苏州也宣布脱离清政府"和平光复"后，清廷的灭亡已到无可挽回时，张謇开始正视现实了。1911年11月7日，张謇致信友人许鼎霖指出："现在时机紧迫，生灵涂炭，非速筹和平解决之计，必至于俱伤。欲和平解决，非共和无善策。"为了保护通州实业发展和社会稳定，他还抢在革命党人之先，策划并实现了通州的"和平光复"。1911年11月17、18日，清廷先后任命张謇为宣慰使和农工商大臣，张謇发电坚辞说，时至今日，尚有何情可慰？尚有何词可宣？他忠告清政府："与其殄生灵以锋镝交争之惨，毋宁纳民族于共和主义之中。"1912年1月1日，孙中山在南京宣誓就任临时大总统，张謇被任命为临时政府实业部长。

与袁世凯的扑朔迷离的关系

武昌起义后，国内局势异常复杂，为早日结束这种混乱的局面，清廷和南方革命党人都将目光投向了已经"归隐"的袁世凯。

在摆足了姿态，风光无限地出山后，1911年11月，袁世凯接受清政府的委任并迅速的夺取了军政大权。这使张謇非常高兴。迅速结束战争局面，恢复正常的社会秩序是张謇的心愿，他认为南方没有合适的人选，只有袁世凯才能担当此任。民主共和是大势所趋，所以张謇竭力劝说袁世凯认清形势，赞成共和。

1912年3月10日，孙中山辞职，袁世凯在北京正式就任中华民国临时大总统。虽然在各种错综复杂的矛盾中袁世凯就任大总统是必然的，但在这一过程中，张謇作为袁世凯的故交，自始至终站在袁的立场上，先是劝袁顺应共和，继之助袁当上总统。袁世凯对此心知肚明，遂邀请张謇北上入阁。但是张謇在仔细考虑之后，觉得还不是自己北上的时机，答应以在野的身份同袁合作。张謇与袁世凯的关系也进入了"蜜月期"。

张、袁关系并非始终如一的，用"扑朔迷离"来形容张、袁的相识、相交的过程是再恰当不过的了。在近代名流中，除了徐世昌外，张謇和袁世凯的结识、交往最早，有着长达35年的历史。

张与袁的相识得从张謇的中状元之前的幕僚生涯讲起。

袁世凯是河南项城人，他自幼不爱读书，游手好闲，是一个不肯安分守己的浪荡子弟，多次科举落榜，辗转各处也没有捞到一个栖身之所，就带了父亲旧部数十人，以世侄身份投奔吴长庆。但吴长庆对于他携带数十人冒昧投军印象并不好，但看在他爹的面子上，让他留在军中读书备考。张謇自1876年就被吴长庆延揽入幕，参与军中要务，起草重要函牍，几年

比物荟蕠连类龙鸾

张謇

隐名卜筑藏器屠保

来深受吴的倚重。他一边助吴料理军务，一边用心读书，以培实力，再登科场。袁世凯的到来，引起了他的注意。张謇奉命督促袁世凯读书，成为袁的军中老师。张謇发现他学无根底，基础很差。不过，虽然袁世凯学问浅薄，但对张謇交办的一些营中具体的事情，很快就能完成，而且做得很有条理，不出差错。一天晚上，袁世凯与张謇夜谈，表露了他对国内外形势的精辟分析，使张謇进一步认识到袁将来绝非等闲之辈。其后张謇多次在袁世凯想离开庆军时挽留住他，还借机向吴长庆推荐袁世凯，一步一步成就了袁世凯的前途。所以，张謇是第一个赏识袁世凯的人。朝鲜"壬午兵变"发生时，吴长庆军在出发前，准备工作繁多，此时军中幕僚大都离军参加乡试，人手少，事务多，张謇便对吴长庆建议，让袁世凯帮助他做些准备工作，吴同意了。在张謇的督促、指导下，袁世凯将东征前的准备工作布置得有条不紊，庆军得以准时出发，吴长庆比较满意。出发前，经吴长庆同意，张謇派袁世凯为前敌营务处执行，随军向朝鲜出发。

由此可见，正是依靠张謇的发现和举荐，袁世凯才一步步青云直上的。但袁世凯这个人为人狡诈多变，未得势前既能作慷慨激昂之谈，又能谦抑自下，知礼好问，给人印象极好。但是稍有得意，就妄自尊大，言行不掩，目中无人。袁世凯与张謇交往3年，随其地位"由食客而委员，由委员而营务处，由营务处而副营"，对张謇的态度由谦恭而变得倨傲。对袁世凯这种小人得志的妄态，张謇怒不可遏，不惜修书一封，责问他说："謇今昔尤是一人尔，而老师、先生、某翁、某兄之称，愈变愈奇，不解其数。"1884年中法战争爆发，吴长庆受命将所部6营一分为二，3营回国，3营留驻朝鲜。吴长庆将自己的3营托付袁世凯，表示了对袁的极大信任，不料，袁世凯在两月之后公然背叛吴长庆，投靠了李鸿章。袁世凯这种忘恩负义的背叛行为，是张謇始料不及的，也是张謇不能容忍的，他撰文对袁进行了猛烈的抨击，并与之绝交十年。

张謇与袁世凯曾在甲午战争开始后有过短暂的接触。袁世凯于1895年7月从朝鲜回国，回国后在京通过徐世昌等人的关系在高级官员中进行政治活动。此时张謇刚刚状元及第，供职翰林院。袁世凯自动摒弃十年来的恩怨，前来拜访张謇，二人作了一番长谈。袁历数在朝鲜期间不能实行吴长庆政策的苦闷，并且说，此次甲午战事发生时，曾有密电致李鸿章数十次之多，均未得到采用，还遭到申斥。讲到激动时，袁愤慨不已，张謇听了之后十分同情。张、袁的这次会见，恢复了中断十年的关系。张謇对袁的所作所为表示了一定程度的理解，还利用了袁世凯提供的材料，上奏弹劾李鸿章，即著名的《呈翰林院掌院代奏劾大学士李鸿章疏》。此时正值战争时期，张、袁见面后不久，就各奔东西了，一个投入实业、教育的救国行动中去了，一个到天津小站练兵去了。两人再次见面是在立宪运动中。鉴于袁世凯在立宪问题上的积极态度，张謇摒弃前嫌，与袁世凯重修旧好。张謇称颂袁世凯说："亿万年宗社之福，四百兆人民之命，繫公是赖。"袁世凯也借机巧妙地将张謇逼上前台："各国立宪之初，必有英绝领袖者作为学说，倡导国民。公夙学高才，义无多让。鄙人不敏，愿为前驱。"当时，北袁南张，一个在朝，一个在野，上下呼应，共同推动了立宪运动的高涨。1911年6月，张謇受各省立宪分子之托进京劝说清政府实行立宪，车过河南彰德时，张謇接受同行者的劝告，顺道至洹上村去探访蛰居的袁世凯。此时，袁世凯因受清廷权贵的排挤，于两年前被解除了军机大臣、外务部尚书等职，在老家彰德待机而动。对袁世凯的韬光养晦之计，张謇并没有看透，他仍旧和袁世凯大谈开国会、改组内阁及商业交流之事。袁世凯对张謇说："有朝一日，蒙皇上天恩，命世凯出山，我一切遵从你的意旨行事，务请你同我合作。"张謇回到车上，对同伴高兴地说："慰亭毕竟不错，不枉老夫此行也！"

辛亥革命给了袁世凯重新上台的机会。当清廷正式任命袁世凯为全权大臣，处理与南方的和谈问题时，袁世凯深知张謇在东南上层绅商中的影响，秘密嘱咐他的和谈代表唐绍仪，要他到上海时，先拜访张謇，探听他的意旨。唐绍仪到达上海后，开始了南北议和。议和表面上在英租界议事厅举行，但实质上的所有的条件都是唐绍仪与张謇、黄兴、汪精卫等在赵凤昌的私宅惜阴堂达成的。

张謇是个实业家，他首先关心的是领袖人物的行政经验和能力，而将人品、信仰等要素放在次要位置。如果要选革命党人作领袖，他宁愿选择黄兴，而对孙中山持保留态度，觉得他太理想化。如果在南北政治人物中作通盘考虑，他宁愿选择袁世凯，而对革命党人持保留态度。因为革命党人虽有过人之处，但有很多未知数。更令他不能释然的是，革命党人注重理论，而缺乏政治经验。袁世凯则不一样，他手中既有强大的北洋新军，又有丰富的行政经验、外交和军事阅历，熟悉省级及中央级的军政事务。因此，他自然把统一中国的希望寄托在袁世凯的身上。为了帮助袁世凯尽快登上大总统的宝座，张謇为他物色人才、疏通关系，还将流亡日本的梁启超推荐给袁世凯。为了让袁世凯尽快完成统一和恢复行政秩序，张謇建议袁世凯将一些有影响、有号召力的革命党人尽可能网罗到北京，以减少不利因素。他还刻意笼络黄兴，以便于袁世凯可以顺利遣散南方革命党人手中的军队。张謇对自己的一切所作所为很满意，他看到革命带来的混乱很快结束了，国内政坛出现了一片升平景象，他希望袁世凯能从此带着中国走上立宪的道路，好使他的实业发展有一个良好的政治环境，好使他能在南通专心经营实业和教育，推广地方自治。

历史如果能这样发展的话就好了，但历史证明张謇选择袁世凯是个大大的错误。张謇之所以选择扶持袁世凯，是因为袁世凯精明强悍，能使中国尽快走向统一、稳定，因为这是实业发展的前提条件。他热望袁世凯能成为中国的华盛顿，然而袁世凯并不是华盛顿。1913年袁世凯派人刺杀宋教仁，革命党人被迫起兵反袁。此时，张謇还没能识破袁世凯的真实面目，他不仅为袁世凯的行为辩护，而且还希望"国军"（北洋军）能早日消灭"叛军"（讨袁军）。1913年10月，张謇正式进入北京政府，与袁世凯进行了近两年的合作。在北京，张謇有了就近观察袁世凯的机会。

实业救国　衣被天下

1914年2月，袁世凯下令解散国会，并胁迫熊希龄辞去内阁总理一职，张謇开始觉察出袁世凯帝制自为的野心，他曾多次写信劝告、警告袁世凯，希望他不要逆历史潮流而动，能像苏东坡所说的那样"操网而临渊，自命为不取鱼，不如释网而人自明也。"然而，此时的袁世凯已经利令智昏，听不进张謇的任何劝告，无奈之下，张謇只得以辞职加以抵制。1915年12月，袁世凯迫不及待地登上皇帝宝座，全国各地的反袁势力纷纷起兵，袁世凯被迫在1916年3月取消了帝制。为了能在取消帝制后仍保留大总统的位置，袁世凯邀请张謇北上，为自己周旋。此时已彻底识破袁世凯真面目的张謇断然拒绝，并明确要袁"激流勇退"。袁世凯的帝制自为和最后败亡，使张謇通过中央政权推动中国实业全面发展的幻梦破灭了。袁世凯死后，中国陷入军阀混战的局面，此时张謇再也无力和无心于中国政治了，他所做的只能是在军阀混战的动荡环境中折冲樽俎，利用自己过去的声望和结识的各种关系，力图在南通创造出一个有利于实业发展的和平安宁的局部环境。他把自己的这种行动模式称为"村落主义"。

与世长辞　泽被后世

袁世凯死时，适逢欧战正紧，中国实业界充分利用了这一空隙，迅速发展起来，大生集团一时间财源滚滚而来。大生集团经济上所取得的成就，暂时弥补了张謇在政治上的失落。

1911年的辛亥革命推翻了满清政府的专制统治，部分地解除了束缚中国民族资本主义发展的枷锁，1914年，欧洲爆发了第一次世界大战。大战期间，列强对华商品输出锐减，资本投资大大减少，中国民族资本主义充分利用这一短暂的时机蓬勃发展起来。据估计，1912——1920年，中国本国资本主义工业在棉纺、面粉、缫丝、卷烟、火柴、电力、水泥、矿冶等行业的年平均发展速度分别为17.4%、22.8%、3.5%、36.7%、12.3%、11.9%、8.0%和9.0%。棉纺织业是这一时期发展比较迅速的行业之一。当时的棉纺织业"地无分南北，厂无论大小，大都能获得意外的厚利。"和当时国内许多民族工业一样，大生集团此时走上了它的巅峰。截至1921年，大生一厂的资本增加到2,500,000两，历年纯利总额累增到11,619,155两；大生二厂的资本增加到1,194,390两，历年纯利总额累增到

5,016,714两。源源而来的大量利润，刺激了张謇等人扩张实业的热情。1914年张謇出任农工商总长以后，就在海门常乐镇开始创建大生三厂，并且拟定了建立四厂于四杨坝、五厂于天生港、六厂于东台、七厂于如皋、八厂于南通江家桥、九厂于吴淞的庞大计划。六厂于1919年开始筹建，但不久流产。八厂则于1920年开始筹建。到1924年，大生一、二、三、八四个厂，资本总额共达770余万两，纱锭共15万枚，布机共1500余台，实力已经相当可观。为了适应大生企业扩充资金的需要，他们从1918年开始筹办淮海银行。为了适应大生公司的运输需要，他们又陆续筹建大达轮船公司、南通大储栈等好几个项目。其中以大达公司最有成绩，先后自置江轮7艘，代管大储栈驳轮2艘及广祥轮船1艘，开通沪扬、沪海两条航线。

此外，张謇等人还创办（或协助创办）了大昌纸厂、通燧火柴厂，以及许多服务性的企业单位为了适应南通实业发展的需要，张謇还积极推进南通公共交通事业，到1927年时，南通的公路通车里程达到406公里，占江苏省的52.6%，约占全国的12.7%。

同一时期，张謇投资的盐垦事业也有很大发展。由于大生各厂对于棉花的需要量日益扩大，所以张謇等人从1913年开始掀起一个兴办盐垦公司的热潮。到

1920年为止，他在南到长江口附近的吕泗场，北到海州以南的陈家港这片濒临黄海的200余英里的冲积平原上，先后投资了70多个盐垦公司，占有土地总面积达455万亩，投资总额共2119万元。现今盐城的大丰、射阳两县即为当时大生资本集团的下属盐垦公司转化而来。

1920年前后，张謇的事业达到了顶峰，大生资本集团在1921年全盛时期资本总额达2480余万两，成为长江三角洲以棉纺织业为核心的综合性企业集团。在巨大的经济实力支撑下，张謇身兼南通实业、纺织、盐垦总管理处总理，大生纺织公司董事长，通海、新南、华新、新都盐垦公司董事长，大达轮船公司经理，南通电厂筹备主任，淮海银行董事长，交通银行总理，中国银行董事等职，成为中国实业界呼风唤雨的风云人物，被公认为"东南实业领袖"。

但随后情形急转直下。首先是第一次世界大战的结束，西方列强纷纷卷土重来，给中国的民族工业造成了很大的竞争压力；接着1921年淮河流域由于连续两月大雨，洪水泛滥，江苏受灾惨重，造成棉花价格大幅度上涨；1922年爆发的直奉战争，使大生主要产品——关庄布失去了东北市场；1924年大规模的江浙之战和第二次直奉战争爆发，战火一直延烧到张謇赖

实业救国　衣被天下

轻工之父张謇

以生存的长江口，使本来已处于困境之中的大生资本集团更是雪上加霜。从1922年起，大生集团连年亏损。1924年，大生一厂由南通债权人张得记、顺康等九家钱庄组织的维持会接办；1925年，由中国、交通、金城、上海四家银行和永丰、永聚钱庄组成的银行团清算接办大生各厂，张謇仅保持了名义上的董事长的职位。此时，张謇已是一位72岁高龄的老人了，在这样的打击下，其心情之痛苦、抑郁，可想而知。

由于身体日衰，事业受挫，张謇在70岁以后，开始营建别墅亭榭，读书吟咏其间，领略田园风光，希望能借此摆脱烦恼。但是，一生为家事、国事、天下事操劳的他又怎能静心享受山水田园之美与宁静呢？1926年夏天，天气燥热异常，73岁高龄的张謇身体消耗极大，家人劝他到狼山西边的梅垞避暑，可他仍然记挂着许多事情。6月23日，张謇冒着暑气江风，仔细察看了10多里江堤，分析了坍江的规律，找出了险段，筹集挡浪保坍的石料，这就是张謇临终前最后惦记的事情。

从8月1日起，张謇开始遍体发烧，但次日清晨他还坚持偕同工程师视察江堤，规划保坍工程。7日，病情严重，开始请医生进行治疗。21日以后，病情危急。24日中午，这位为发展教育和实业奋斗了一生的老人永远地闭上了眼睛。

张謇是带着遗憾走的，大生集团的破产，宏伟计划的空置，都使他无法安息于九泉。但张謇给予后人的已经很多，对南通、对中国的贡献已经很大。毛泽东曾肯定地说："讲到中国的民族工业，有四个人不能忘记：讲到重工业，不能忘记张之洞；讲到轻工业，不能忘记张謇；讲到化学工业，不能忘记范旭东；讲到交通运输业，不能忘记卢作孚。"当代著名学者章开沅先生指出："在中国近代史上，我们很难发现另外一个人在另外一个县办成这么多事业，产生这么深远的影响。"回首历史，我们当然极容易得出：在半殖民地半封建的中国，不推翻帝国主义和封建主义的统治，想走所谓实业救国、教育救国的道路是行不通的。但是，如果19世纪末20世纪初的中国能有100个或1000个或更多的像张謇这样的知识分子，中国会怎么样呢？当然，历史是无法假设的，但当我们在思考历史上的人和事件的价值时，却又不能不假设。恩格斯说："历史是这样创造的：最终的结果是从许多单个的意志的相互冲突中产生出来的，而其中每一个意志，又是由于许多特殊的生活条件，才成为它所成为的那样。这样就有无数互相交错的力量，有无数个力的平行四边形，而由此就产生出一个总的结果，即历史事变，这个结果又可以看作一个作为整体的、不自觉地和不自主地起着作用的力量产物。"重温恩格斯的这段名言，回首张謇的人生历程，如果我们还仅简单地说："实业救国是空想。"那显然是就是大错特错了。胡适说："孙文，袁世凯，严复，张之洞，张謇，盛宣怀，康有为，梁启超——这些人关系一国的生命，都应该有写生传神的大手笔来记载他们的生平，用绣花针的细密功夫来搜求考证他们的事实，用大刀阔斧的远大见识来评判他们在历史上的地位。"他评价张謇说："张季直先生在近代中国史上是一个很伟大的失败的英雄，这是谁都不能否认的。他独力开辟了无数新路，做了30年的开路先锋，养活了几百万人，造福于一方，而影响及于全国。终于因为他开辟的路子太多，担负的事业过于伟大，他不能不抱着许多未完的志愿而死。这样的一个人是值得一部以至于许多部详细的传记的。"胡适的话是精彩的，但远未能概括张謇全部的价值和意义，特别是在知识分子怎样走出象牙塔，服务于社会、报效国家这一特殊方面。张謇的品德、言论、行为中有太多太多值得我们今天好好思考和认真汲取的内容。

张謇瞬间特写

大生纱厂办成后的心情

至江宁，新宁（指刘坤一——引者）拱手称庆。(张)对之曰："棉好，地也；机转，天也；人无与焉。"(刘)曰："是皆君之功。"(张)曰："事赖众举，一人何功。"(刘)曰："苦则君所受。"(张)曰："苦乃自取，孰怨。"(刘)曰："但成，折本亦无妨。(张)对曰："成便无折本可言。"(刘)曰："愿闻所持之主意。"(张)曰："无他，时时存心成之心，时时作可败之计。"(刘)曰："可败何计？"(张)对曰："先后五年生计，赖书院月俸百金，未支厂一钱；全厂上下内外数十人，除洋工师外，一切俸给食用开支，未满万金耳。"新宁俯肯拊掌，嗟叹久之。

反对袁世凯称帝

张謇初任熊希龄内阁农商总长职务时，与这个"第一流内阁"的其他阁员一样，对袁世凯抱有幻想。然而，经过不长的时间，他们就发现情况不妙。

1913年11月4日，袁世凯就下令追缴国会中国民党议员的证书，使国会因达不到法定人数而自动休会。时值张謇到任不久（他10月6日至京）。如果说为了统一和秩序袁世凯刚上台就策划暗杀政敌，随意撤换内阁还情有可原的话，一当上正式大总统宝座，就

欲穷风月三千界
收取声名四十年

霄绣仁兄同年大人正

南通张謇

下令解散国民党，最终解散国会，张謇等追求民主政治的阁员就感到不寒而栗了。

　　袁世凯对国会开刀，首当其冲的是进步党。当国民党在国会占据优势时，国会成为限制袁世凯权利膨

胀的制衡机构，并为国民党组织责任内阁提供立法保障。当时进步党及其舆论工具拼命攻击国会，指责国民党议员实行"暴民专政"云云。"二次革命"中，国民党议员内部激烈分化，许多人被袁世凯收买，在国会的势力已全面崩溃。此后，进步党左右了国会，他们转而成为国会维护者，企图通过国会来扩大自己的政治势力，其中，也确有民主共和理想追求者在极端不利的条件下与袁世凯的专制独裁行径作有理有节的合法斗争。

11月4日，进步党人得知袁世凯下令取消国民党170余名"从乱"议员资格后，感到覆巢之灾即将来临。梁启超与张謇连续几天紧急磋商保存国会的对策。11月7日，张謇、梁启超一道谒见袁世凯，提出"维持国会"的建议，请总统府电令各省立即送候补议员到京，以补足国会开会法定人数。但是，他们不明白，袁世凯要建立专制独裁统治，岂能容忍任何立法、代议机关存在？他取消国民党只是第一步，他接着便要取消进步党，解散国会，最终铲除民主共和体制。1914年1月10日袁世凯又使用借刀杀人手法，利用北洋将领和各省都督的武力威胁和强硬声明，正式下令解散国会。不久，又下令停止地方议会。梁启超等苦苦追求半生的议会制度，被袁世凯一纸命令就冰消瓦

实业救国 衣被天下

轻工之父张謇

解了。更令这些名流难堪的是，熊希龄组阁时原规定为责任内阁，而袁世凯擅自所发各种摧毁国会、取缔共和制度的不合法理的命令，竟迫使享有维新志士盛名的熊希龄具署。

尽管进步党忍辱负重，委曲求全，也不能使袁世凯这个铁了心的独裁者心慈手软。他要除掉这个"第一流人才内阁"，将全部权力抓到自己手中。他利用熊希龄的手解散了国会后，马上又授意梁士诒为首的交通系利用财政问题围逼这个内阁，又指使湖南、安徽都督对熊希龄进行肆意攻击。在内外夹击下，熊希龄被迫于1914年2月10日辞去内阁总理职务。同时辞职的还有司法部长梁启超、教育部长汪大燮。

奇怪的是，向来厌于政坛风涛的张謇，这次却没有随同熊希龄辞职。袁世凯在批准熊希龄等辞呈的同时，曾派杨士琦询问张謇是否与总理"同进退"，张謇当即答复："就职之日，即当众宣布，余本无仕宦之志，此来不为总理，不为总统，为自己志愿。志愿为何？即欲本平昔所读之书，与向来究讨之事，试效于政事。志愿能达则达，不能达即止，不因人也。"张謇这番话十分坦诚，他不是政客，他对做无用之官从不感兴趣。他只想振兴经济，发展实业、教育。他就任农商总长不过数月许多事情才刚刚着手，特别是他梦想多年的导淮工程，现已提上议事日程。2月初，他刚同美国公使签订了治淮借款和约，他若辞职，这项借款也就中止了。袁世凯见他心事在此，落得做个顺水人情，将原设导淮总局改为全国水利局，由张謇兼任总裁。善始善终，竭尽全力做好每一件事，是张謇的处事原则，因此他暂未辞职。

但是，张謇对袁世凯从独裁到称帝的发展趋势，并非毫无觉察，更不是听之任之。2月17日，在熊希龄辞职5天后，张謇写信劝告袁世凯，警告他说："解散国会，改总统制，祀天用衮冕"等等行径已在国内外引起许多"帝制复活"的流言；而"近日宁、沪乱谣之多，京、津车栈之暗杀，白狼之糜烂光州数县"，又证明"内患"极可忧虑。他希望袁世凯像苏东坡所告诫的那样："操网而临渊，自命为不取鱼，不如释网而人自明也。"张謇早已认定，民主共和是不可阻挡的世界潮流。他之所以扶持袁世凯，是因为袁世凯精明强悍，能使中国走向统一、稳定，建立起已使东西方列强走上富强之路的民主共和制度。他不相信精通时事、追求维新时髦的袁世凯会愚蠢到去恢复业已被人们抛进历史垃圾堆的封建制度。但是，他又深知袁世凯其人野心勃勃，贪得无厌，怕他利令智昏，轻举妄动，干出复辟做皇帝的丑恶勾当来。

事情的变化证实了张謇的担心，袁世凯果然迫不及待地要黄袍加身，登上皇帝宝座。从1914年5月1日开始，他撤销国务院，改在总统府内设政事堂，将一系列管制恢复到清朝体制，帝制的丑剧已是呼之欲出了。张謇深知大局无可挽回，他不愿意成为袁世凯的臣民。因此，这年10月，他借"勘视淮灾"为名，再次请假南下；11月，他正式递上辞呈，没有得到袁世凯批准。1915年春，袁世凯

白鹤衔珠游观沧海

黑龙吐光凭藉风云

与日本谈判，签订"二十一条"，彻底投靠日本帝国主义，以换取日本对袁世凯称帝的支持。张謇对此怒不可遏，再次具呈请假。袁世凯怕他妨碍"联日"外交，乐得批准他的长假，任命亲日分子周自齐署理农商总长。1915年夏，筹安会闹得乌烟瘴气，他再具呈辞职，袁世凯这次批准他辞去农商总长职务。6月6日，张謇曾给总统府机要秘书张一麐写信表明自己对中日交涉的关注，他直陈坦言：

顷见报载中日交涉已启，南满将如香港，为永远租界。中外土地利害关系，辟为公共市场，利多害少；永远租界，则利少害多。今所定者，不知何属，究以永远租界论，又不知所指之区域四至何在？租期又是几年？……遥度现势，似北满受逼之形尚不在近。然亦有扎硬寨打死仗之决心。且非用社会名义不可，而又非得政府毅力主持一切为之后盾不可，非仅不掣肘所能济事也。

这封信表达了张謇反对对日退让，主张对日交涉要"扎硬寨打死仗"的强硬外交政策。张謇的书生气，不免为袁世凯窃笑。

同年7月，因张謇尚未辞去全国水利局总裁职务曾一度入京。当时，袁世凯称帝之呼声甚嚣尘上，刘师培等吹鼓手甚至想拉张謇进入筹安会。饱经政海风涛的张謇，眼见这场复辟闹剧要引发一场举国一致的反袁风暴，他断然拒绝与筹安会"六君子"同上贼船。8月14日，筹安会公布发起宣言。两天以后，张謇再次请假，南下以后，正式辞去全国水利局总裁及参政职务，彻底斩断与袁世凯的一切联系。

故事·趣事·逸事

适然亭

张謇夺魁之后，昔日的同窗好友于南通建造一亭，取名"果然亭"，寓意"功夫不负有心人，果然功名到手"。可后来修葺时，张謇自改为"适然亭"，暗示着不在沽名钓誉上下功夫。

屈身求借

为了大生纱厂早日开工，张謇不惜屈身向一切愿意赞助的人求借，而且不论多少。唐家闸有家杂货店，拿出20块钱入股，张謇很高兴地收下。有位老奶奶仅6块银元，怕状元公嫌麻烦。张謇看出老人的真诚情意，连连作揖，感谢她的支持。

张謇的陪葬品

1966年8月，一些人打着"破四旧"的旗号，挖开张謇坟墓。当年外界一直谣传棺内有大量殉葬的珍宝，但是开棺后仅发现礼帽一顶，眼镜一副，折扇一把，另有一对金属小盒，一只内装了张謇出生时的胎发球，另一只内装了张謇的一颗尽根牙。这就是这位状元资本家所有的陪葬。

捍卫民族尊严

民国初年，由张謇积极倡导，为南通地区在明朝嘉靖年间抗击倭寇、保家卫国的民族英雄曹项塑了一尊跨马提刀、威风凛凛、气度非凡的铜像。一次，有几个日本人游至曹项祠前，看到这尊塑像，心中感到不快，特意向张謇提出，以一笔巨款买回去。张謇兴办实业，经济上很需要资金，但对此等关系国家尊严的大事却毫不苟且。他面带笑容婉言回答说："各个民族有各自倡导的精神，各个国家有各自的尊严和骄傲。我们尊重日本兄弟的崇尚和习惯，亦望朋友以同等态度以对我。"几个日本人听罢面面相觑，不再开口。

悔！悔！

张謇中了状元后，颇自负。他闻说康有为善对对子，很有些不以为然，一日见了康有为，便徐徐吟出一联来："四水江第一，四方南第二，先生来自江南，是第一还是第二？"吟罢暗喜，想康有为未必能工对。哪知康有为很快便悠悠地念出了下联："三教儒为首，三才人居后，小子本为儒人，不敢居前不敢居后。"张謇一听始知康有为确有真才，不由得心悦诚服，连说"悔！悔！"。

板子头上出状元

有一次，张謇与儿子的老师一起吃饭。刚入座，他就对塾师说："您教书教得好，科举考试却不顺利，我替您查到了原因，恐怕是因为屁股没有红肿的缘故。"塾师吓了一跳，心里很不愉快。张謇却自顾自说下去："先生不要不高兴。您没有听说过'板子头上出状元'的话吗？我小时候喜欢登山远眺，一玩就是一天。老师骂我逃学，每次都要我脱下裤子打屁股。如果算个账的话，挨打的板子数目恐怕比庚子赔款还要多得多！"

张謇的幽默

袁世凯一心想要做皇帝，张謇苦口相劝。袁世凯说："我做皇帝你们反对，找一个明朝皇帝的后裔来做皇帝，你们就不会反对了。"张謇笑着说："这样一来，现在做官的总长朱启钤、将军朱瑞、巡按朱家宝，唱小生的演员朱素云，唱青衣的演员朱幼芬，唱武旦的演员朱桂芳，都有做皇帝的资格啦！"袁世凯只好说："你这人真幽默！"

状元的机智

相传，张謇中了状元之后，苏州知府王某很是不服。

一日，张謇到苏州游玩，正巧遇到苏州王知府。他们一起饮酒作乐。席间，王知府道："通州是个偏僻的地方，张先生能考中状元，岂不有点偶然？"张謇笑着说道："堂堂通州，自古人杰地灵，物华天宝，上至八十岁的老翁，下至五岁的小孩，无不通文能诗，擅长书画。我张謇考中状元，岂有偶然之理？"

过了数月，王知府来到南通微服私访。他来到南通的文峰塔下，忽见迎面跑来一个小孩，赶忙拦住小孩说道："小娃子，我出个对子你对对怎么样？"说

实业救国 衣被天下

——轻工之父张謇

着，王知府指着文峰塔说出了上联："独塔巍巍四面五层六角。"那小孩一听，太难了，连忙摇摇手跑走了。

王知府再次见到张謇时，把上面事情一五一十地告诉了他，最后问道："张先生，你不是说通州无论老少无不通文能诗，这事该如何解释？"

张謇一听，知道王知府是借机报复，但他慢条斯理地说道："王先生，你不明白，我们通州人擅长哑对，就像猜哑谜一样。那个小孩把手摇摇，实际上已经对了一个绝妙的对子。"

王知府莫名其妙地问道："对了什么来着？"

张謇伸出左手，边摇边说："孤掌摇摇五指三长两短。"

王知府听罢，对张謇的机智和学问心悦诚服，拍手叫道："高！高！状元公果然才高八斗，通州果然人才辈出啊！"

艰苦耐劳

张謇弟兄5人，以农耕及靠父亲串乡收破布兑糖换钱度日。他从小体贴父母，热爱劳动，经常跟着三哥下田干活，从不叫苦喊累，即使是中了秀才和举人后都是这样。当时，有钱绅士华服翩翩，而张謇夏天

只有一件旧沉香蓝袍，冬天只有一件棉套。他认为"穿得绸儿缎儿有何用？要考得好，做得事，才算光荣"。他将"艰苦耐劳"四字作为一生的座右铭。

当以劳死，不当以逸生

张謇从小一边求知一边养德，24岁时，因家境艰

实业救国 衣被天下

难，外出谋生，后由老师推荐于庆军中做幕僚。他立下了"此后之皮骨心血，当为世界牺牲，不能复为子孙牛马"；"当以劳死，不当以逸生"的鸿鹄大志。

学问高深，不看对象

张謇在大生纱厂缺少周转资金时，经常上街卖字。由于他是状元，所以买字的人很多。写的内容一般由张謇根据求字者的用途自撰。张謇读的古书太多，所撰对联太雅，有时引起一些不必要的误会。有一次，有一富翁新构华屋，以八尺珊瑚金笺求张书。张为书：

庭兼唐肆难求马
室类尸乡爱祝鸡

下联"尸乡"，"祝鸡"乃《列仙传》仙人故事，"尸乡"乃仙乡之名。岂知富户财多识陋，看到"尸乡"二字，勃然大怒，认为有意侮辱，立将联字扯得粉碎，掷于案上，扬长而去。

才子佳人的故事

才子配佳人是中国戏文里常见的故事。在张謇身上有没有这样的故事呢？可以说有，也可以说无。

　　远在中状元之前，张謇就有了一位贤惠的徐夫人。但由于没有为张謇生下子嗣，徐夫人先后多次亲自出面，为他选纳了四位妾。一妻四妾，在普通人看来称得上是心满意足了。可是在张謇的心中，始终隐藏着一份遗憾。这份遗憾是江南才女沈寿带给他的。

　　沈寿原名沈雪君，江苏吴县人，自小跟姐姐学习刺绣。她心灵手巧、悟性极高，在她17岁的时候，被许配给了当地的一位举人余觉。婚后的沈寿和余觉共同研究刺绣艺术。1904年10月，沈寿和余觉在慈禧太后七十寿辰的日子进贡了《八仙上寿图》和《无量寿佛图》两幅绣屏，深得慈禧欢心。慈禧大笔一挥，赐给沈雪君、余觉夫妇"福"、"寿"两个大字。于是沈雪君便改名为沈寿。在1915年的巴拿马万国博览会上，沈寿绣的耶稣像荣获金奖，当时被人誉为"绣圣"。刘海粟在看到沈寿的《蛤蜊图》以后，曾赞叹道："中国第一个画素描的应该是沈寿。她是以针代笔，用针画出来的素描。"

　　1912年，清帝退位，沈寿到天津自立门户，成立绣工学校，靠传授绣艺维持生活。这时，久闻沈寿盛名的张謇便把她请到南通任女工传习所所长，为自己的实业培养刺绣人才。

在事业上，沈寿是很成功的；但是她在婚姻上却非常不幸。沈寿体弱多病，再加上专心刺绣，养成了她清心寡欲的性格。而余觉呢，却是个风流才子，难耐寂寞。当沈寿难以满足他的欲望后，他一连娶了两房姨太太。生性好强的沈寿无法容忍，两人的夫妻关系名存实亡。

沈寿到了南通后，张謇与沈寿心灵相通，非常谈得来，很快两人就成了心心相印的知己。张謇对沈寿的关爱与呵护，超越了一般的雇佣关系：沈寿多病，他经常亲伺汤药；沈寿外出，他又心急上火，生怕沈寿累坏身体。为了把沈寿的刺绣技艺发扬光大，张謇动员沈寿写一部刺绣的书，并且亲自帮沈寿记录整理。《绣谱》完成后，张謇亲自作序。序中写道："积数月而成此谱，无一字不自謇书，更无一语不自寿出也。"张謇多次在日记里面写："一日不见雪君，总感觉到有一些什么事没做。"

为了提高自己的文学素养，沈寿在病中向张謇学诗。沈寿学得很快，两人很快就能互相唱和了。张謇在给沈寿的诗中用"比翼鸟"、"比目鱼"和"鸳鸯"这些情人间常用的词汇大胆而直露地表达了自己对沈寿的爱慕之情。而沈寿惧怕外间悠悠之口，在诗中写道："本心自有主，不随风东西"，可见在内心也是真心爱慕张謇的。沈寿长期卧床养病，后来她开始慢慢地掉头发。她当时正住在张謇的一所叫"谦亭"的别院里，于是就收集自己掉的细柔的长发绣张謇的手迹"谦亭"两字。落发不够用，她就用剪刀剪下自己的头发，以此绣品含蓄地表达了自己内心的情感。张謇看到这幅绣品，专门做了一首诗。诗是这样写的：感遇深情不可缄，自梳青发手掺掺，绣成一对谦亭字，留证雌雄宝剑看。

1921年6月，在与张謇神交9年后，沈寿与世长辞，时年48岁。年逾古稀的张謇扑倒在沈寿的遗体上号啕大哭，老泪纵横。沈寿去世后，张謇按照她的遗愿把她安葬马鞍山南麓，以便她能望见长江和苏南家乡的土地。墓门石额上镌刻着张謇的亲笔楷书：世界美术家吴县沈女士之墓阙。墓后立碑，碑的正面镌刻着张謇撰写的《世界美术家吴县沈女士灵表》，碑的背面雕刻着沈寿的遗像。

这就是张謇和沈寿之间"发乎情、止乎礼"的一段不是爱情，胜似爱情的才子佳人的故事。

众 说 张 謇

讲到中国的民族工业，有四个人不能忘记：讲到重工业，不能忘记张之洞；讲到轻工业，不能忘记张謇；讲到化学工业，不能忘记范旭东；讲到交通运输业，不能忘记卢作孚。

——毛泽东

张季直先生在近代中国史上是一个很伟大的失败的英雄，这是谁都不能否认的。他独力开辟了无数新路，做了30年的开路先锋，养活了几百万人，造福于一方，而影响及于全国。终于因为他开辟的路子太多，担负的事业过于伟大，他不能不抱着许多未完的志愿而死。

——胡适

南通者，教育之源泉，吾尤望其成为世界教育之中心也。

——杜威

急难忆良朋，伤心鸿雁分行，风雨曾无相并影；
解悬辜大愿，回首龙蛇起陆，乡关犹有未招魂。

——黎元洪

惟公（张謇）独居南通，拥江北之区域，所怀之理想，数十年始终一贯，表面以分头于实业交通水利之建设，里面则醉心于教育及慈善事业之学理，乃惟一主新中国之创造者，诚可谓治现今中国社会之良药，而非过言者也。

——驹井德三

通州是一个不靠外国人帮助、全靠中国人自力建设的城市，这是耐人寻味的典型。所有愿对中国人民和他们的将来作公正、准确估计的外国人，理应到那里去参观浏览一下。

——戈登·洛德

张謇似乎是一个结束两千年封建旧思想，最最殿后，而值得注意的大人物，同时亦是走向新社会，热

实业救国　衣被天下

——轻工之父张謇

心向社会服务的一个先驱者。

——刘厚生

今者于中华国家，不问朝野，为开发中华抱一志愿而始终不改者，殆无一人。惟公独居南通之地，拥江北之区域，献身于实业之振兴，尽心于教育之改革，卓举效果，此世人之所以称伟也。

——驹井德三

如果研究中国近代经济发展是怎样进行的，就要研究张謇，因为他是现代中国企业家中伟大的先驱者。

——野泽丰先生

张謇先生经营的南通，堪称中国近代第一城。

——吴良镛

张謇是前清状元，后来转向共和。任孙中山政府实业部长。办了许多实业和教育事业，很了不起。

——江泽民

在中国近代史上，我们很难发现另外一个人在另外一个县办成这么多事业，产生这么深远的影响。

——章开沅

张謇感动中国……而且其影响持续之久，事业经营之难，泽惠地区之广，都为时人所难以企及。

——章开沅

张謇的生平志趣只在做事，做一些有益于社会，有益于后代的事。他数十年如一日，办实业，办教育，办社会公益，办各项革新与改良，孜孜不倦，精益求精，鞠躬尽瘁，死而后已。

——章开沅

崛起于新旧两界线之中心的过渡时代之英雄。

——梁启超

物则棉铁，地则江淮，盖其自任天下之重如此；远处着眼，近处着手，凡在后生，宜知勉矣。

早岁文章，壮岁经济，所谓不作第二人想非耶；孰弗我有，孰是我有，晚而大觉，尚可憾乎。

——黄炎培

一位出生于一个半世纪前的历史人物，能够一直受到中国人民的怀念，并且能够从他留下的丰富精神遗产中不断发掘出新的对我们今天有益的启示，实在是不容易的事情。

状元办厂，是张謇一直被传为美谈的盛事。但单说这一点自然远远不够。当时，状元办厂并不只有张謇一人，苏南的陆润庠也是一个。但陆润庠几乎已被人遗忘，就是研究中国近代史的学者也很少提及。张謇就不同了，他确有许多独到的地方。

——金冲及

张謇是近代中国实业救国的领军人物，是中国经济现代化的前驱。同时，他也是近代中国制度化发展进程中的关键人物。

——樊刚、姚勇

（张謇）是一位多方面的历史人物。从社会活动方面说，他是政治家，社会活动家，实业家，也是教育家；从社会地位方面说，他是官绅阶层，也是民族资产阶级；从他的事业给予社会的影响方面说，他是改革家，也是开拓者。

——茅家琦

张謇"实业救国、教育救国"的基地在南通，但其影响和意义是超越地区和时代的。

——王光英

讴思淮海三千里，关系东南第一人。

——王毓祥

张謇言论选粹

窃维环球大通，皆以经营国民生计为强国之根本。要其根本之根本在教育。

欲求学问而不求普及国民之教育则无与，欲求教育普及国民而不求师则无异。故立学校须从小学开始，尤须从师范始。

道路交通为文明发达之母。

交通利，则商农事业、文化灌输无一不利。

进德之积兮，则不在与世界腐败之人争闲气，而力求与古今上下圣贤豪杰争志气。

一个人办一县事，要有一省的眼光，办一省事，要有一国的眼光，办一国事，要有世界的眼光。

今日我国处于列强竞争之时代，无论何种政策，皆需有观察世界之眼光、旗鼓相当之手段，然后得与于竞争之会。

学术不可不精，而道德尤不可不讲。

爱国当先爱身，爱身当先爱学，爱学当自爱其可贵之光阴。

夫勤者乾德也，乾之德在健，健则自强不息。俭者坤道也，坤之德在啬，啬则俭之本。

有勤而不必尽苦者，未有苦而不出于勤者。

愿成一分一毫有用之事，不愿居八命九命可耻之官！

凡事不能通于齐民，不能无阻；凡利不能及于妇孺，不能大有功。

上溯三代，旁考四洲，凡有国家者，立国之本不在兵也，立国之本不在商也，在乎工与农，而农为尤要。盖农不生则工无所作，工不作则商无所鬻，相因之势，理有固然。

实业之命脉，无不系于政治。

政治能趋于轨道，则百事可为，不入正轨，则自今以后，可忧方大。

实业、教育二事有至密至亲之关系。

实业教育，富强之大本也。

国所与立，以民为天；民之生存，天于衣食；衣食之原，父教育而母实业。

夫课程之订定，既须适应世界大势之潮流，又须顾及本国之情势，而复斟酌损益，乃不凿圆而枘方。

水旱之灾在天，而防护责任在人。

天幸不可屡邀，人事终于必尽。

治水必资学识，然后可成计划，有计划然后可冀效果。学识不足，则计划不能正确，即效果不能良善也。

治百里之河者，目光应及千里之外；治目前之河者，推算应在百年之后。

实业亦必有的。……所谓农工商者，犹普通之言，而非所谓的也。无的则备多而力分，无的则地广而势涣，无的则趋不一，无的则智不集，犹非计也。的何在？在棉铁，而棉犹宜先。"

钢铁事业为各种工艺之母。

欲兴实业而无制造农工器之铁，则凡营一事，无一不需购自外洋，殊非本计。

中国须兴实业，其责任士大夫先之

吾财用缺乏，则取之于外国；吾人才缺乏，则取之于外国。彼以其资本、学术以供吾之用，吾即利用其资本、学术以集吾事"

各国之兴大利、除大害，无一不借外债。亡不亡，视用债还债如何，而不在借不借也。

必政府与国民均有用债之能力，而后可以利用之以为救时良药，否则饮鸩自毙，势必不救。

人皆知外洋各国之强由于兵，而不知外洋之强由于学。夫立国由于人才，人才出于立学；此古今中外不易之理。不蓄而求，岂可悻致？

国待人而治，人待学而成。必无人不学，而后有可用之人；必无学不专，而后有可用之学。

苟欲兴工，必先兴学。

一国之强基于教育。

所谓大学者，养成可以为官之国民，不必尽为官也。……与其得多数无意识之官，不如得少数有意识之民。

家可毁，不可败师范。

世界的进化、国际的竞争，中国要富强，绝不是旧理论、旧法子可以办得到的。

中国恐须死后复活，未必能死中求活，求活之法惟有实业、教育。

有礼教有学问之国，即亡亦必能复兴。

地方自治云者，人各有其地方，人各有一治，先明白自何事，地方何在。欲治与否，则在各人。如果欲治，自一人一家一村一镇始，治之而已。国无大，一家无小，视吾力所能，大不足矜，小不足馁也。

地方果人人执自治之心，实不必依赖省长。今日之省长即贤，亦恐其无救济民生之力；不贤也，我更不必萌望空祈祷之贪痴。

国家之强，本于自治。自治之本，在实业、教育。

而弥缝其不及者，惟赖慈善。

失教之民与失养之民，苟悉置而不为之所，为地方自治之缺憾者小，为国家政治之隐忧者大也。

事有所法，法古，法今；法中国，法外国。亦不必古，不必今；不必中国，不必外国。

不歆人之高且大，不慕外之新且异，不强人以就我，不贬我以就人。

惟事贵有恒，非一蹴可及，得寸积尺，得尺积丈，各本固有之地位，以谋发展之机会，必能有济。

为众谋利者，士之责也。

实业救国 衣被天下

——轻工之父张謇

中华魂·百部爱国故事丛书

提　要

《誓与禁烟相始终——民族英雄林则徐》

　　林则徐严禁鸦片，坚决抵抗西方列强的侵略，坚持维护国家主权和民族利益。他是中国近代历史上第一位睁眼看世界的人，是抗击帝国主义殖民侵略的第一人，是中华民族抵御外侮过程中伟大的民族英雄。

《血洒虎门御敌寇——抗英将军关天培》

　　民族英雄关天培，在第一次鸦片战争中为了抗击英国侵略者的入侵而血洒虎门，为国捐躯，谱写了一曲可歌可泣的英雄赞歌。关天培用他的生命，书写了中国人民反抗外侮的历史。

《威震镇海靖节魂——抗敌英雄裕谦》

　　在第一次鸦片战争期间的众多牺牲者中，有一位官阶最高，他就是两江总督裕谦。裕谦与外国侵略者斗争立场坚定，与国内妥协派、投降派斗争态度坚决。裕谦督战镇海，与英国侵略军浴血奋战，临危不惧，以身报国，浩气长存。

《斩邪留正解民悬——太平天国领袖洪秀全》

　　农民出身的洪秀全，从失意文人到起义领袖，经历了长期的思想演变过程，在外敌入侵、清朝政府腐朽的历史环境之下，顺应时代的潮流，成长为一位非凡的历史英雄人物，建立了与清朝政府相抗衡的农民政权——太平天国。

《仰承汉唐　荟萃中外——近代数学家李善兰》

李善兰是我国19世纪重要的科学家之一，在数学、天文学、力学等方面都有重大建树。他继承了我国古代数学的成就，又以极大的热情传播西方科学文化，"仰承汉唐，荟萃中外"，把自己的一生献给了科学事业。

《严谨治学　勇于探索——近代著名数学家华蘅芳》

华蘅芳，中国近代数学家之一。其精通中国古算学，并熟练掌握西方近代数学，是中国验证抛物线并著书立说的参与者。为了证明"外国有的，中国也能造"而鞠躬尽瘁，在引进西方科学技术、传播科学知识上贡献卓著。

《折冲樽俎护山河——近代著名外交家曾纪泽》

曾纪泽是中国近代史上著名的爱国外交家，在中俄伊犁交涉事件中，他秉承抵抗列强、保卫国家的坚定意志，利用外交手段全力同沙俄抗争，捍卫了国家主权、民族尊严，收回了祖国的领土，在近代中国外交史上留下了光辉的一页。

《甲午海战留英名——民族英雄邓世昌》

邓世昌，北洋水师名将。本书以邓世昌的成长过程为线索，以代表性的历史故事为主要内容，还原真实的历史事件，突出鲜明的人物性格。邓世昌因在中日甲午海战中突出的英雄气概而名垂史册，书写了伟大的爱国主义篇章。

《誓与舰队共存亡——北洋水师提督丁汝昌》

丁汝昌处在清朝政府的腐朽和李鸿章的专断下，难以施展爱国的抱负，壮志未酬，愤恨而终。但丁汝昌为建立近代海军作出的巨大贡献，带领北洋舰队爱国官兵勇抗强敌的英雄事迹，将永远为后代所传颂。

《镇南关上凯歌扬——抗法老英雄冯子材》

1885年中法战争中，年逾古稀的冯子材为抵御外国侵略，勇赴国

实业救国　衣被天下

难，大败法军于镇南关，并乘胜追击，接连收复文渊、谅山等地，从根本上扭转了中法战争的局面，成为近代民族英雄的杰出代表。

《屡败法军逞英豪——黑旗军将领刘永福》

刘永福是黑旗军的创建者，是农民出身的杰出军事家、政治活动家。在19世纪发生的援越抗法、中法战争中，他率部与帝国主义侵略者进行了殊死的战斗，建立了卓越的功勋，成为我国近代史上著名的民族英雄，为后世所景仰。

《矢志变法强国家——戊戌变法领袖康有为》

康有为是清末民初最有影响力的思想家之一。他领导了中国知识界的启蒙运动，掀起了一场自上而下的政体改革。他最早在中国提出了立宪政体和具体的宪政方案，主张在坚持儒家传统和帝制的前提下，学习西方经验，他的进步思想对近代中国具有深远的影响。

《开民智以报国 普新知而图强——戊戌变法思想家梁启超》

梁启超，中国近代史上著名的政治活动家、启蒙思想家、史学家、文学家，戊戌变法领袖之一。本书以百日维新思想家梁启超的成长过程为线索，以代表性的历史故事为主要内容，还原真实的历史事件，突出鲜明的人物性格。

《我自横刀向天笑——维新志士谭嗣同》

谭嗣同在民族危机的严重时刻，投身改革救中国的洪流。为了带给祖国一个光明的未来，紧要关头，他挺身而出，用自己的鲜血激励后人，把宝贵的生命献给了变法事业。

《睡乡敢遣警世钟——用生命警策国人的陈天华》

陈天华是民主革命的活动家和宣传家。他写的《猛回头》《警世钟》等书，起到了革命启蒙的重大作用。为了激发留日学生的爱国情怀，他不惜投海自杀，演出了近代史上感人至深的一幕，给后人留下了难忘的印象。

《革命军中马前卒——民主斗士邹容》

革命乃"至尊极高，独一无二，伟大绝伦之一目的"；它是"天演之公例，世界之公理，顺乎天而应乎人"的伟大行动。因此，必须"仗义群兴革命军"。他激情高呼："革命独子万岁！中华共和国万岁！"这就是《革命军》的作者，中国近代著名资产阶级革命宣传家邹容。

《休言女子非英物——鉴湖女侠秋瑾》

为民族解放和妇女解放而英勇斗争的秋瑾，冲破封建礼教的思想牢笼，打碎封建精神枷锁，崇仰真理，追求光明，主张共和，坚持男女平等，最终献出了自己年轻的生命。

《血溅校场　杀身成仁——民主斗士徐锡麟》

本书讲述了反清志士徐锡麟弃文从武、投身反清革命事业，最终被清政府杀害的故事。出于对国家的热爱，徐锡麟献出自己的生命，他的事迹将永远激励后人深切缅怀这位民主革命的先驱。

《生可死耳　我志长存——献身民主的禹之谟》

禹之谟，民主革命党人，同盟会会员，近代资产阶级革命家、实业家。1886年，20岁的禹之谟"提三尺剑，挟一卷书"游历四方，研究西方社会政治学说，忧国忧民之心日趋强烈。戊戌变法失败，他丢掉改良幻想，倡革命救亡之说，走上民主革命道路。

《物竞天择　适者生存——资产阶级启蒙思想家严复》

严复是中国近代著名的启蒙思想家、翻译家和教育家。他长期从事教育和翻译事业，为近代中国人才培养和思想启蒙做出了重要贡献，同时他也为中国的翻译事业和中西思想文化交流做出了重要贡献。

《辛亥革命急先锋——资产阶级革命家黄兴》

黄兴，清末民初资产阶级革命家，中华民国开国元勋。黄兴在武昌首义及辛亥革命时期的爱国表现，与孙中山闻名于当时，常被时人以"孙黄"并称。本书以资产阶级革命活动实干家黄兴的成长过程为线索，歌颂了先辈伟大的爱国主义精神。

《矢志革命　百折不回——近代民主革命家廖仲恺》

廖仲恺追随孙中山踏上了创立民国与捍卫共和制的旧民主主义革命

之路；在新民主主义革命时期，他为建立、巩固首次国共合作和实施三大政策，英勇奋斗，为国殉职，洒尽了一腔热血。

《将军拔剑南天起——护国英雄蔡锷》

蔡锷是中国近代史上的杰出军事家、爱国者。他的一生短暂而伟大。辛亥革命爆发，他毅然投身于革命洪流之中，领导云南重九起义，对武昌起义积极响应。袁世凯窃国复辟、恢复帝制的阴谋暴露出来以后，他又毅然举起了武装讨袁的旗帜。

《反帝反封建运动——五四青年的爱国故事》

五四运动是一次伟大的反帝反封建的爱国运动；是一个伟大的历史转折点；是中国人民的斗争从挫折走向胜利的一个关节点，它为中国的前进开辟了一条全新的道路，拉开了中国新民主主义革命的序幕。

《思想自由　兼容并包——著名教育家蔡元培》

蔡元培是中国近现代著名的民主革命家和教育家，一生经历风雨，却始终信守爱国和民主的政治理念，致力于废除封建主义的教育制度，奠定了我国新式教育制度的基础，为我国教育、文化、科学事业的发展做出了富有开创性的贡献。

《为国家争光　为民族争气——中国铁路之父詹天佑》

詹天佑是我国最早的杰出铁道工程师，因主持建造京张铁路而闻名中外，被誉为"中国铁路之父"。他为祖国的铁路事业贡献了毕生的精力。本书向读者展示了詹天佑热爱祖国、科技兴国的辉煌人生。

《实业救国　衣被天下——轻工之父张謇》

张謇是爱国实业家、教育家。他年轻时中过状元。过了40岁，开始投身工商实业活动中，他的名言是"富民强国之本在于工"。在南通，创办大生丝厂、银行等各种实业。并将创办实业的大部分所得投入教育。他的观点是，教育和实业一样，也是"富强之大本"。

《心向革命　追求光明——平民将军冯玉祥》

冯玉祥将军"是一位从旧军人转变而成的坚定的民主主义战士"。

抗日战争期间，他辗转各地，用实际行动积极抗战。日本战败投降后，他为了断绝美国的援蒋内战，又在美国四处演说，揭露蒋介石统治之黑暗，痛斥美国阴谋分裂中国的不良行为。

《刑场上的婚礼——革命烈士周文雍　陈铁军》

周文雍是广州起义的主要领导人之一。陈铁军出身于华侨商人家庭，却毅然投身革命洪流。1928年1月，两人接受派遣，回到广州假扮夫妻从事革命斗争，却不幸被捕。临刑前，两位烈士将敌人的枪声当作自己婚礼的礼炮，用生命和爱情谱写出一曲千古绝唱。

《星星之火　可以燎原——井冈山斗争的故事》

1927—1929年，毛泽东、朱德等老一辈革命家，在井冈山创建了农村革命根据地，进行了艰苦卓绝的斗争，建立了新型革命武装，点燃了工农武装革命之火，找到了农村包围城市最后夺取政权的中国革命的正确道路。

《新民学会的主要发起人——中国共产党早期革命家蔡和森》

蔡和森青年时期曾与毛泽东等人一起组织进步团体新民学会，参加五四运动，并在赴法国勤工俭学时研读大量马克思主义著作，回国后以满腔热忱投身革命事业，成为中国共产党早期重要的理论家和宣传家。

《威震黄浦江畔　高奏抗日壮歌——一·二八淞沪抗战》

面对日本侵略者的挑衅，十九路军在蒋光鼐、蔡廷锴的带领下，高举义旗，奋力一搏。一·二八淞沪抗战，是中国军人捍卫军人荣誉和祖国尊严所发出的吼声，谱写了一曲抗击日军侵略的英雄壮歌。

《将军恨不抗日死——慷慨就义的吉鸿昌》

在国难深重的20世纪30年代，吉鸿昌将军因拒绝执行国民党指示，坚决不打内战，被迫携眷出国"考察"。回国后，他加入中国共产党，组织了民众抗日同盟军，英勇打击日本侵略者，后于1934年11月被国民党反动派杀害。

《献身革命　甘于清贫——梅岭忠魂方志敏》

大革命失败后，方志敏凭着"两条半步枪"起家，身经百战，创建了赣东北革命根据地和红十军。本书真实记录了方志敏投身于革命、领导红军和敌人进行艰苦卓绝斗争的经历，歌颂了烈士贫贱不移、威武不屈、献身革命的高尚品质。

《奏响中华最强音——人民音乐家聂耳》

聂耳在他有限的生命中创作了数十首革命歌曲，在抗日救亡运动中，聂耳的这些歌曲产生了广泛深远的影响。他的音乐创作为中国无产阶级革命音乐的发展指明了方向，树立了榜样。

《横眉冷对千夫指——中国文化革命主将鲁迅》

鲁迅不但是伟大的文学家，而且是伟大的思想家和伟大的革命家。在那风雨如晦的黑暗年代里，他以笔为投枪，同一切帝国主义和反动派进行了顽强的战斗，为中国人民树立了一个不朽的丰碑。他是新文化战线上的一面光辉旗帜，是我们伟大民族的灵魂。

《铁流两万五千里——红军长征的故事》

红军长征是人类历史上的一次伟大的壮举。第五次反"围剿"失败后，中国工农红军的三大主力在极端艰难的条件下，突破国民党军队的围追堵截，进行了史无前例的战略大转移，总行程达两万五千里以上。途中发生了许多动人故事，至今令人难以忘怀。

《荣辱不移革命志——创建陕北红军的刘志丹》

刘志丹是杰出的无产阶级革命家、军事家，西北红军和西北革命根据地的主要创始人之一。他一生热爱人民，追求真理，英勇善战，百折不挠，艰苦奋斗，忠心赤胆，为创建红军和革命根据地、为中国人民的解放事业建立了不可磨灭的功勋。

《英名永存北平城——爱国将领佟麟阁　赵登禹》

1937年7月28日，日军向北平郊区发动进攻。第二十九军副军长佟麟阁奉命在南苑率部与日军苦战，腿部受伤，头部被敌机炸伤，壮烈殉国。第一三二师师长赵登禹指挥部队顽强抵抗日军，右臂中弹负伤，仍继续作战。后在转移途中遭日军截击而牺牲。

《八百壮士　四行仓库铸军魂——谢晋元和他的战友们》

八一三抗战，中国军人以血肉之躯揭开全面抗战的帷幕。这是一场血战，是中国军人不屈不挠的英雄诗篇，其中的八百壮士守四行，成为这首英雄颂歌中最动人、最凄美的音符。一曲四行保卫战，铸就了不屈的军魂。

《八女投江　气贯长虹——八位抗联女战士》

抗日战争时期，以冷云为首的东北抗日联军8名女战士，为捍卫民族尊严，面对凶残的日寇，镇定自若，宁死不屈，投江殉国，表现了中华民族同敌人血战到底的英雄气概。她们的光辉形象，激励着千千万万的后来人。

《艰苦抗战　威震敌胆——著名抗日英雄杨靖宇》

杨靖宇将军是我国著名的抗日民族英雄。曾先后担任磐石游击队政治委员、东北抗日联军第一军军长兼政委、抗日联军总司令等职。领导军民对日寇坚持了长达9个年头的艰苦卓绝的斗争，最终以身殉国。

《死也不当亡国奴——镜泊抗日英雄陈翰章》

陈翰章，从1932年8月投笔从戎，直到1940年12月8日为抗击日本侵略者，战死在镜泊湖畔。他在抗日疆场上奋战了九年，他那可歌可泣的英雄事迹将为人们永世传颂。

《名将殉国　气壮山河——抗日将军张自忠》

著名抗日将领、民族英雄张自忠，生于忧患的时代，抱有"宁为百夫长，胜作一书生"的志向，经历过失败与低谷，最终成就了慷慨人生。本书主要以人物活动为主，勾画出一个真正的"民族魂"鲜活的人生，会带给读者振奋的力量。

《宁死不辱战士名——狼牙山五壮士》

1941年日寇在河北易县"扫荡"。为掩护群众和主力部队撤退，五

实业救国　衣被天下

位八路军战士毅然把敌人引上了狼牙山棋盘坨峰顶绝路。弹尽粮绝、无路可退，五位英雄纵身跳下了万丈悬崖，用生命和鲜血谱写出一曲惊天地泣鬼神的壮举。

《太行浩气传千古——抗日名将左权》

左权，中国工农红军和八路军高级指挥员，著名军事家。是八路军在抗日战场上牺牲的最高指挥员。名将阵亡，太行山为之垂首，全党为之悲痛。周恩来称他"足以为党之模范"，朱德赞誉他是"中国军事界不可多得的人才"。

《虎将兴关外 抗倭统雄师——抗联英雄赵尚志》

本书描写了久经考验的共产党员、东北抗联的创建者和主要领导人赵尚志，在艰苦卓绝的条件下，坚持抗战，威震敌胆，战功卓著，忍辱负重，忠贞不屈，为国捐躯的英雄故事，为青少年读者呈上一部爱国主义的佳作。

《黄埔之英 民族之雄——抗日名将戴安澜》

抗日名将戴安澜，先后参加保定、漕河、台儿庄、武汉、昆仑关等战役，作战英勇，屡建奇功；入缅作战，"扬威国外，藉伸正义"；守东瓜，复棠吉；殒身缅北，遗恨丛林，马革裹尸，成就了光辉的一生。

《爱国志士 民主先锋——新闻出版家邹韬奋》

本书讲述了邹韬奋献身新闻出版事业的奋斗历程，展现了一位新闻工作者坚定的革命信念和炽热的爱国主义精神，全心全意为人民服务、为读者服务的奉献精神，歌颂了他的高尚情操和优良品质。

《为抗战发出怒吼——人民音乐家冼星海》

人民音乐家冼星海，青年时期在巴黎求学，饱尝屈辱与磨难；学成后毅然回到多灾多难的祖国，用满腔热忱谱写激昂的音乐，鼓舞中华儿女的斗志；奔赴延安，谱写出不朽的名作《黄河大合唱》，发出中华民族抗日救亡的怒吼。

《全民皆兵 抗击日寇——抗日战争的故事》

中国人民进行的十四年抗战，是一百多年来中国人民反对外敌入侵第一次取得完全胜利的民族解放战争。这场战争是以国共两党合作为基础，有社会各界、各族人民、各民主党派、抗日团体、社会各阶层爱国人士和海外侨胞广泛参加的全民族抗战。

《捧着一颗心来 不带半根草去——人民教育家陶行知》

陶行知是我国现代教育史上伟大的人民教育家、教育思想家。他从青年起就立志献身教育事业，以"捧着一颗心来，不带半根草去"的赤子之心，为人民的教育事业鞠躬尽瘁。

《为民主与和平拍案而起——民主斗士闻一多》

闻一多早年与梁实秋等人发起成立清华文学社。赴美留学期间由对祖国的深深眷恋而创作著名的《七子之歌》。后在西南联大任教8年，积极投身于抗日运动和争取民主的斗争，发表了著名的《最后一次讲演》。

《铁窗难锁钢铁心——革命先烈王若飞》

王若飞是我党早期杰出的无产阶级革命家。在艰苦卓绝的斗争中，他出生入死，屡建奇功，以超人的睿智和胆略，在敌人的监狱中，同敌人展开了殊死的较量，为抗战的胜利和新中国的诞生做出了卓越的贡献。

《横扫千军 还我河山——抗联名将李兆麟》

李兆麟是东北抗日联军创建人之一，他率领抗日联军历尽千难万险与日本侵略者浴血奋战，在极其艰苦的条件下，保存了抗日联军的有生力量，为东北光复做出了重大贡献。

《锄头开出新天地——解放区大生产运动》

为了解决困难，渡过难关，党中央号召党政军民齐动手，开展大生产运动。中国共产党在其控制区域内发动的一场军队屯田和鼓励生产的群众运动，达到了自己动手丰衣足食，共度难关，既进行革命又进行生产自足的目的。

《生的伟大　死的光荣——女英雄刘胡兰》

刘胡兰，坚贞不屈的少年女英雄。生前对我国劳动人民的解放事业无限忠诚，在敌人威胁面前，大义凛然，毫无惧色，英勇牺牲，表现了共产党员的高贵品质。

《饿死不领美国救济粮——爱国知识分子的楷模朱自清》

朱自清作为爱国知识分子的典型，以锐利的笔锋直言痛斥反动政府的暴行，体现了他崇高的爱国情怀和不畏恶势力的精神品格。毛泽东曾给朱自清先生以高度评价："一身重病，宁可饿死，不领美国的'救济粮'"，"表现了我们民族的英雄气概"。

《为了新中国前进——舍身炸碉堡的董存瑞》

伟大的英雄，中国人民的儿子董存瑞，从儿童团长成长为一名光荣的解放军战士，在1948年解放隆化县城时，舍身炸碉堡，为新中国献出了自己年轻的生命。他的英雄形象永远留在人民心里。

《宁死不屈的共产党员——革命烈士江竹筠》

江竹筠，就是著名的江姐。1947年春，她负责《挺进报》工作，只几个月的时间，报纸就发行到1600多份，引起了敌人的极大恐慌。由于叛徒出卖，江姐不幸被捕，惨遭毒刑的残酷折磨，仍坚贞不屈。最后被特务秘密枪杀，年仅29岁。

《抗美援朝　保家卫国——志愿军的战斗故事》

抗美援朝战争是中国人民志愿军为援助朝鲜人民、保卫祖国安全，与美国为首的"联合国军"发生的战争。在朝鲜牺牲的志愿军烈士们，他们英勇的战斗事迹、保家卫国的精神值得我们发扬光大。

《上甘岭上壮烈歌——黄继光和他的战友们》

在1952年10月的上甘岭战役中，黄继光和他的战友们在零号阵地半山腰被敌机枪火力点压制，此时，黄继光身上已经多处负伤，手雷也已全部用光。为了完成任务，减少战友的伤亡，他用自己的胸膛堵住正在扫射的敌机枪射孔，为反击部队扫清了前进的道路。

《诗书印画　全入神品——国画大师齐白石》

　　齐白石出身贫寒，做过农活，当过木匠，后改学雕花木工，从民间画工入手，摹古人真迹，学诗文书法，融汇古今，而诗、书、印、画俱佳；他将中国画的精神与时代的精神统一得完美无瑕，使中国画得到国际的重视，无愧于"国画大师"的称号。

《毕生为文化而奋斗——中国第一出版家张元济》

　　张元济参与、主持和督导商务印书馆近六十年，使其从简单的印刷企业转变为当时中国教育出版的旗帜。张元济一生爱书，在中华大地动荡不安的年代里，他用自己对文化的热爱，续存着中华民族灿烂悠久的文明之光。

《独树一帜　梨园大师——著名京剧表演艺术家梅兰芳》

　　梅兰芳，京剧大师，演唱风格独树一帜，世称"梅派"。曾先后赴日本、美国、苏联演出，并荣获美国波摩那学院和南加州大学的荣誉文学博士学位。作为一位爱国者，抗战期间蓄须明志，拒绝为日本人演出，为后世称颂。

《华侨旗帜　民族光辉——爱国侨领陈嘉庚》

　　陈嘉庚是著名的爱国华侨领袖、企业家、教育家、慈善家、社会活动家。他为辛亥革命、民族教育、抗日战争、解放战争、新中国的建设做出了卓越的贡献。生前被毛泽东誉为"华侨旗帜、民族光辉"。

《向雷锋同志学习——伟大的共产主义战士雷锋》

　　雷锋，一个平凡而伟大的共产主义战士，一心向着党，一生秉承着全心全意为人民服务、无私奉献的崇高思想；发扬刻苦学习和钻研理论的"钉子"精神；坚持勤俭节约、艰苦奋斗的优良作风。毛泽东为其题词："向雷锋同志学习。"

《人民的好公仆——县委书记的好榜样焦裕禄》

　　焦裕禄，被誉为县委书记的好榜样。他用自己的革命精神，展开了与大自然、与社会落后现象、与病魔的多重抗争，让我们领略到一

实业救国　衣被天下

——轻工之父张謇

个共产党人的生之伟大、死之壮美的人格品质和具有现实教育意义的精神魅力。

《文学巨匠 京味大师——人民作家老舍》

老舍是我国现代小说家、文学家、戏剧家。他用融入骨髓的真诚文字反映生活的喜怒哀乐。老舍的一生，总是在忘我地工作，他是文艺界当之无愧的"劳动模范"，生前被北京市人民政府授予"人民艺术家"的称号。

《革命老人——无产阶级教育家徐特立》

徐特立是一代伟人毛泽东的老师。他出生在贫苦家庭，大部分时间生活在动荡艰苦的年代；他刻苦勤奋，不畏艰辛，追求光明，一生勤俭，为革命培养了大量的人才；他对党和人民任劳任怨，鞠躬尽瘁。他坎坷奋斗的一生，留下了许多可歌可泣的故事。

《人生能有几回搏——新中国第一个世界冠军容国团》

容国团先后担任中国乒乓球队运动员、女队主教练。获得1959年男子单打世界冠军；1961年夺得男子团体世界冠军；作为中国女队主教练，1965年率女队第一次夺得女子团体世界冠军。他的"人生能有几回搏"的豪言，举国传诵。

《石油工人一声吼 地球也要抖三抖——铁人王进喜》

王进喜，新中国第一批石油钻探工人。他为祖国石油工业的发展和社会主义建设立下了不朽的功勋，在创造了巨大物质财富的同时，还给我们留下了宝贵的精神财富——铁人精神。他被评为"百年中国十大人物"，写入中华民族的光辉史册。

《做人民需要我做的事——著名地质学家李四光》

李四光是一位伟大的科学家，他一生从事地质学研究工作，足迹遍布祖国的山川，为祖国探明了许多地下宝藏；他创建了崭新的学说——地质力学；他历尽重重困难，为正确认识地质构造开辟了一条新路。

《中国化学工业的先驱——著名化学家侯德榜》

为摆脱纯碱需要进口的窘况，20世纪初，怀着"实业救国"梦想的中国化工先驱侯德榜等人创办了永利碱厂，并立志生产出中国人自己的碱。1926年，永利碱厂终于成功地生产出"红三角"牌纯碱，从此中国制碱业得以跨入世界先进行列。

《毕生求是 一丝不苟——著名科学家竺可桢》

著名科学家竺可桢献身科学研究；治学严谨，一丝不苟；一生廉洁，两袖清风；作风民主，爱护学生。他以爱国之心、报国之志，从一个民主主义者逐渐成长为一个共产主义战士。

《热爱自然的大地之子——著名植物学家蔡希陶》

蔡希陶，五十载风雨，五十载坎坷，五十载奋斗，五十载开拓，为了发现对人类生产、生活有用的植物及新物种的引进而做出巨大贡献，在中国的植物资源学史上将永远镌刻着他的名字。

《高洁无私的襟怀——知识分子的楷模蒋筑英》

蒋筑英是中国当代知识分子的先锋典范，他不为名，不为利，尊重科学；他以坚忍的毅力和顽强的作风，在科学的道路上呕心沥血，鞠躬尽瘁，无私地奉献了青春和生命。

《迎接新生命的天使——卓越的妇产科专家林巧稚》

林巧稚是国内外享有盛誉的妇产科专家。在五十多年的医学教育和临床实践中，林巧稚亲自接生了五万多婴儿，治愈了数千病人，培养了数以百计的专门人才，为我国的妇女儿童事业做出了不可磨灭的贡献。

《独自成千古 悠然寄一丘——国画大师张大千》

张大千是20世纪中国画坛最具传奇色彩的国画大师，无论是绘画、书法、篆刻、诗词无所不通。在艺术界深得敬仰和追捧，艺术家们用真挚的感情，用绘画和雕塑展现了"张大千"多彩的艺术形象。

《建造中国的通天塔——著名数学家华罗庚》

中国当代著名数学家华罗庚，为中国数学的发展做出了无与伦比的贡献，他是中国解析数论、典型群、矩阵几何等多方面研究的创始人与开拓者，也是我国最早将数学理论研究与生产实践紧密结合的科学家。

《问鼎长天　强我国威——两弹元勋邓稼先》

邓稼先是我国著名科学家，参加组织和领导我国核武器的研究、设计工作，从对原子弹、氢弹原理的突破和试验成功及其武器化，到新的核武器的重大原理突破和研制试验，作出了重大贡献。是我国核武器理论研究工作的奠基者之一，被誉为"两弹元勋"。

《敢叫天堑变通途——桥梁专家茅以升》

中国著名的桥梁专家茅以升从小立志为祖国建造桥梁，经过不懈努力，他不仅设计建造了一座座宏伟壮观、坚固实用的道路桥梁，而且搭建了一座座友谊之桥，为祖国建设作出了卓越贡献。

《蘑菇云之梦——核物理学家钱三强》

被誉为"中国原子弹之父"的核物理学家钱三强，更名后立志于科技报国；24岁投师于世界著名核物理学家居里夫妇；与夫人何泽慧合作，发现铀的"三分裂""四分裂"现象；统领我国的原子大军，做了大量创造性工作。

《两离桑梓地　满怀雪域情——领导干部的楷模孔繁森》

孔繁森，是一位一尘不染、两袖清风的好干部。两次进藏工作，历时十载，为西藏的建设、发展和稳定作出了突出的贡献。1994年11月，孔繁森不幸以身殉职。人民群众称他为新时期领导干部的楷模。

《摘取数学皇冠上的明珠——著名数学家陈景润》

陈景润是享誉世界的数学家，为了证明"哥德巴赫猜想"，他以惊人的毅力在数学领域里艰苦跋涉，终于攻克了世界著名数学难题"哥德巴赫猜想"中的"1+2"，创造了中国乃至世界数学史上的辉煌。

《学术独步　饮誉四海——享有国际威望的科学家卢嘉锡》

卢嘉锡是一位在国际科学界享有崇高威望的物理化学家、化学教育家和科技组织领导者。1945年，卢嘉锡满怀"科学救国"的热忱回到祖国，对中国原子簇化学的发展起了重要推动作用，他所指导的新技术晶体材料科学研究，也取得了重大成绩。

《德艺双馨　梨园楷模——著名豫剧表演艺术家常香玉》

常香玉1941年赴陕甘演出。1948年在西安创办香玉剧社。1951年为支援抗美援朝，率剧社巡回西北、中南、华南各地演出，以演出收入捐献"香玉剧社号"战斗机一架，素有"爱国艺人"之誉。

《文学大师　激流勇进——著名作家巴金》

本书以巴金生平和主要事迹为线索，回顾和展示现代著名作家巴金的一生，以期让人们看到巴金在这风云变幻的100多年中，有过成功的欢欣，有过屈辱的磨难，有过痛苦的忏悔，有过平静的安宁。巴金的人生，映照着一代中国五四知识分子坎坷而不平凡的命运。

《壮心系科学　孜孜为国昌——理论化学家唐敖庆》

本书讲述了唐敖庆从出国求学、学业有成、回国任教，到服从安排、艰苦工作、刻苦钻研，最终成为中国量子化学奠基者的过程。让人们看到了这位著名化学家的赤心爱国、严谨治学、大公无私的崇高品格和科研上的卓越成就。

《中国导弹之父——著名科学家钱学森》

当第一颗原子弹升空的时候，当中国的人造卫星奏响《东方红》的时候，当中国运载火箭腾空而起的时候，当中国研制的导弹准确命中目标的时候，人们都会想起他的名字：中国导弹之父钱学森。

《中国近代力学的奠基人——著名科学家钱伟长》

钱伟长曾以中文和历史两个100分的成绩考入清华大学。九一八事变后，钱伟长毅然放弃了文科的学习而转为理科。他是中国近代力学、应用数学的奠基人之一，在固体力学、流体力学以及航空航天领域，取得了卓越的成就，为新中国的现代化建设付出了毕生的精力。

《中国光学科学的奠基人——著名科学家王大珩》

王大珩是我国著名的科学家，中国光学科学的奠基人。他先在清华就读，后赴英国求学，学业有成，立志科学救国，其成就享誉神州。他以科学的求是精神和赤诚的爱国情怀，探索着中国光学发展的闪光之路。